持續狩獵史萊姆三百年，
不知不覺就練到LV MAX
5
森田
Morita Kisetsu
illust. 紅
U0028926

持續狩獵史萊姆三百年，不知不覺就練到LV MAX 5

She continued destroy slime for 300 years

Morita Kisetsu

森田季節

illust. 紅緒

收集圖章，獲得獎品吧！
準備，
好像不太對……
©Benio

攻略迷宮吧！
反正沒工作，想怎麼玩就怎麼玩！
©Benio

藍龍女孩
芙拉托緹
©Benio

紅龍女孩
萊卡
幽靈少女
羅莎莉
©Benio

持續當小公務員一千五百年，
在魔王的力量下
被迫擔任大臣
She works as a public employee for 1500 years
別西卜！
的農業大臣！
©Benio

小女子名叫
是魔族國度
©Benio

Contents

Story by Morita Kisetsu Illustration by Benio

She continued destroy slime for 300 years

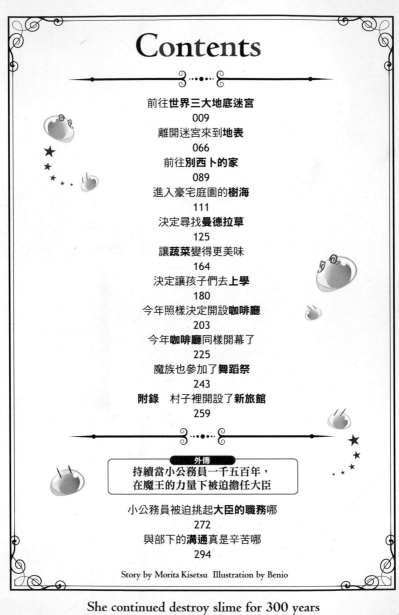

持續狩獵史萊姆三百年，
不知不覺就練到 LV MAX 5

Morita Kisetsu
森田季節
illust. 紅緒

亞梓莎・埃札瓦（相澤梓）

本書主角。一般以「高原魔女」之名為人所知。
轉生成為永保十七歲容貌，長生不老魔女的女孩（？）。
不知不覺中變成世界最強，也遭遇過不少麻煩，
但因此擁有了家人，非常開心。

堅持下去就是力量。
我只做能堅持下去的事情！

小女子名叫別西卜！
是魔族國度的農業大臣!!

別西卜

人稱蒼蠅王的高等魔族，魔族農業大臣。
頻繁往來於魔界與高原之家。是亞梓莎足以仰賴的「姊姊」。
為本書刊登的外傳《持續當小公務員一千五百年，
在魔王的力量下被迫擔任大臣》作品中的主角。

法露法＆夏露夏

史萊姆的靈魂凝聚而誕生的妖精姊妹。姊姊法露法是坦率面對自己的心情而天真的女孩。妹妹夏露夏則是關懷入微又善解人意的女孩。兩人都非常喜歡媽媽亞梓莎。

媽媽～媽媽～！最喜歡媽媽了！
……即使身體沉重，內心也要保持輕盈。

亞梓莎大人，今天吾人依然會誠心誠意，努力精進！
芙拉托緹比萊卡更加努力喔！

萊卡＆芙拉托緹

住在高原之家的紅龍＆藍龍女孩。萊卡是亞梓莎的徒弟，努力不懈的好孩子。芙拉托緹是服從亞梓莎的元氣女孩。同樣都是龍族，在各方面總是相互較勁。

哈爾卡拉

精靈女孩，亞梓莎的徒弟二號。具備人人羨慕的完美容貌，以及不時展現的成熟風範，讓家人（主要是亞梓莎）十分嚮往……不過依然還是家人中的殘念系角色。

這一次，絕對沒問題的！

佩克菈（普羅瓦托・佩克菈・埃莉耶思）

魔族國度之王。最喜歡利用權勢與影響力折騰亞梓莎與身邊的部下，是具備小惡魔個性的女孩。其實還兼具「想順從比自己強的對象」這種M的一面，目前對亞梓莎服服貼貼。

氣氛酷酷的魔女姊姊大人，最棒了呢。

法托菈&瓦妮雅

擔任別西卜祕書的利維坦姊妹。能變身成巨龍的外型，還負責接送並照顧亞梓莎等人往返魔族國度。姊姊法托菈認真又有才幹，妹妹瓦妮雅雖然迷糊卻有一手好廚藝。

不好意思，妹妹的個性太隨便了……

啊～好想花上司的錢去泡溫泉喔～

武史萊

體術登峰造極，化為人形的武鬥家史萊姆。想窮究「武史萊流史萊姆拳法」以完成最強格鬥技，卻也有嗜錢如命的庸俗一面。目前向別西卜拜師修行中。

存錢就是我的興趣。

艾諾

視亞梓莎為前輩仰慕，長生不老的「洞窟魔女」。具備優秀的配藥技術，卻因為生性不想被人看見自己努力而一直沒沒無聞，受亞梓莎開導才改正。目前活躍中，但經常槓上同行的哈爾卡拉。

既然活在世界上，當然會想堅持領先嘛。

今後我只會以自己的名義表演！

庫庫

菈米娜族的吟遊詩人。曾經以激烈的死金系音樂與藝術風格不辭辛勞舉辦活動，但在遇見亞梓莎等人後學會傳達話語的重要性，走出全新的道路。

悠芙芙

水滴妖精（水妖精的一種）。具備足以拉攏亞梓莎的最強包容力，喜歡多管閒事，是大家的媽媽。

隨時都可以稱呼我媽媽喔？

前往世界三大地底迷宮

She continued destroy slime for 300 years

這是「世界妖精會議」結束，再度恢復平穩日子後某一天的事情。

我與芙拉托緹出門購物。

購物途中出現的史萊姆照樣狩獵，確實賺取魔法石。這也是每天重要的工作。

芙拉托緹以偷懶的方式，甩動尾巴，劈劈啪啪打飛史萊姆狩獵。

啊，她運用的還是自己的身體，應該不算偷懶吧？

終究類似拳打或腳踢吧？

「一有史萊姆接近，尾巴就會自己幫忙掃蕩，很輕鬆。」

「果然是偷懶嗎！」

「有什麼關係嘛，主人。又沒有規定必須正面迎戰史萊姆，確實狩獵才行，比起不動手當然是動手比較好啊。」

「這話也對……反正芙拉托緹也不是徒弟，我也沒在指導妳武術，那就沒問題了。」

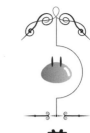

如果萊卡看見多半會嘮叨，但我的方針是在不勉強的範圍內持續才是最重要的，因此這樣就當作沒問題吧。

「呼啊～～～～～～～話說回來啊，南堤爾州還真是和平呢。」

大大打了個呵欠的芙拉托緹表示。

話說這個呵欠也太大了。再怎麼說也太難看囉。

在這方面，芙拉托緹看起來很散漫，但也可以說萊卡太一板一眼。

「畢竟南堤爾州的魔物也不強。不只是這附近，應該整座州都十分悠哉吧。」

附帶一提，不是所有魔物都歸佩克菈與別西卜她們魔族管理。

廣義而言魔族與魔物是一樣的，但或許可以形容成猿猴不會闖入人類社會吧。

看在魔族眼中，棲息於這種州的史萊姆等魔物，就像野生猴子一樣。

因此在人類與魔族已經停止征戰的當代，魔物在自然棲息地中隨處可見，也存在以狩獵這些魔物維生的冒險家。

若現狀不是這樣，收購魔法石的公會自然也無法存在，因此我們也得好好感謝魔物。

「唔～悠哉成這樣，就想來一下呢。偶爾會有好想大鬧一番的心情。」

芙拉托緹以十分適合高原的爽朗聲音開口。

「大鬧一番，具體而言是什麼意思？」

「就是啊，狠狠教訓魔物一頓啦，用力揍扁魔物之類，差不多就像這樣。話說自從搬到這裡來住，一直過著嫻靜的生活，身體會變遲鈍呢。」

雖然我心想，妳之前不是在無人的森林裡脫得光溜溜的嗎？不過在芙拉托緹看來，沒有大鬧一番多半都算在「嫻靜」的範圍內吧。

其實我倒不太驚訝。之前去藍龍聚落的時候就感覺到，許多龍的思考就像溫和的小混混，不，應該說是正港小混混吧。

「如果有祭典之類就好了，偏偏這附近，連祭典都不多呢。」

弗拉塔村的確只有舞蹈祭而已。

雖然還有其他宗教上的活動，卻不屬於熱鬧喧囂系的。就像祭祀與嘉年華的差別吧。

在我們聊天之際，芙拉托緹的尾巴依然持續狩獵史萊姆。

「啊～真希望有可以盡情砸東西的活動喔～好想大鬧一番～」

女孩子的外表與發言的勁爆度呈現超大反差。

不過紓解壓力對健康也是必要的。我也得想想某些對策才行。

乾脆讓她參加武術大賽吧。武史萊小姐對這方面肯定很詳細，下次問問看吧。

我在自己心中訂下一道課題，進入弗拉塔村的公會。

將沉甸甸的魔法石袋子交給櫃檯的娜塔莉小姐。

「高原魔女大人，感謝您每次帶來的魔法石。接下來幫您清點，請稍後片刻喔。」

「好，慢慢數沒關係。」

清點的時候，芙拉托緹看著張貼在公告欄上的委託紙張。完全就是在打發時間。

不過老實說，沒有什麼像樣的委託。

大多數委託都是俗稱萬事屋的打雜工作。像是水溝堵住了希望有人清掃，漏雨了拜託有人修理之類。

畢竟南堤爾州是連魔物都很弱的和平州。所以驅逐魔物也不會成為緊急案件。

以結果而言，委託也沒有著落。

不論芙拉托緹再怎麼想大鬧，也不可能靠清掃水溝發洩壓力。

「啊！這個不錯喔！」

芙拉托緹大聲一喊。雖然她平時的聲音就相當大，但剛才威力全開的聲音又更宏亮。

「怎麼了？有這麼有趣的委託嗎？」

「主人，就是這個，您看！」

我也瀏覽了一遍芙拉托緹手指向的紙張。

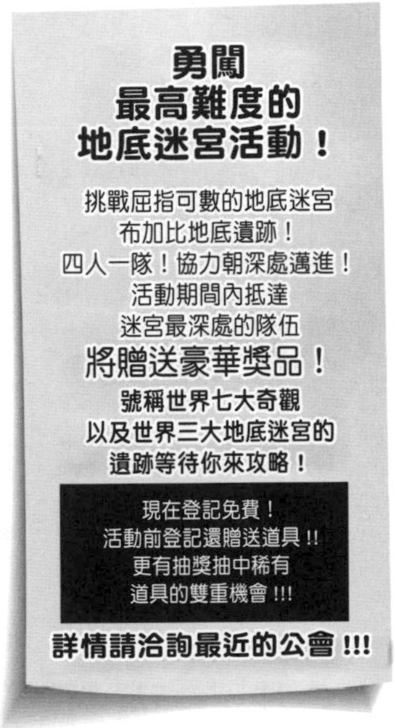
勇闖
最高難度的
地底迷宮活動！
挑戰屈指可數的地底迷宮
布加比地底遺跡！
四人一隊！協力朝深處邁進！
活動期間內抵達
迷宮最深處的隊伍
將贈送豪華獎品！
號稱世界七大奇觀
以及世界三大地底迷宮的
遺跡等待你來攻略！
現在登記免費！
活動前登記還贈送道具!!
更有抽獎抽中稀有
道具的雙重機會!!!
詳情請洽詢最近的公會!!!

『！』的數量多得不尋常。

「宣傳的這麼大啊……」

尤其是號稱「世界三大地底迷宮」這種形容詞，大多是程度算不上超一流，不上不下的半吊子將自己與其他有名事物相提並論時的貼金手法喔。

我個人感覺很可疑，芙拉托緹卻不這麼認為。

「主人，我們去闖這座迷宮吧！」

宛如央求去主題樂園的高中女生般向我強烈主張。

「咦~？不覺得有點可疑嗎？」

「似乎也在很深的地底，肯定可以考驗力量喔！讓人熱血沸騰呢！」

以藍龍聚落的氣氛而言，熱血沸騰似乎沒有什麼問題。

「啊！您對這有興趣嗎？」

正好就在此時，娜塔莉小姐詢問我們。

公會畢竟也要做生意的嘛。

「這個叫布加比地底遺跡的，娜塔莉小姐知道詳情嗎？」

「不，完全不知道。哇，慘了，數魔法石數到一半開口說話，結果忘記數到哪裡了……」

真是母湯耶！

之後根據娜塔莉小姐抽出資料，告訴我們的內容——

據說距離此處十分遙遠的土地上，有一座名叫布加比的地底遺跡。

嗯，到這裡都還算理所當然。

問題在於接下來的內容。

「該處似乎原本是廢棄礦坑。聽說以前可以挖到很多銀礦，但早已開採完畢。」

「原來如此，所以該處才變成迷宮的吧。不過，上頭寫著地底遺跡耶？雖然廢棄礦坑也能算是遺跡，但好像有微妙的差異。」

「似乎是想設計成吸引許多孩童前來的主題樂園，但是地處偏僻導致客人不來，結果倒閉了。」

好像振興鄉村活動的失敗案例喔……

此外，這種情況下的主題樂園可不是明明號稱東京，卻位於千葉縣的那一座，而是規模更小的吧。

「不過，聽說有位能幹村長上任，試圖將主題樂園的廢墟打出地底遺跡的名義，轉變成觀光資源呢。」

「扭轉的想法耶！」

「據說一動工後，發現在非常深的地方有真正的地底遺跡。所以似乎在募集能幫忙攻略的冒險家。」

也就是歪打正著嗎？怎麼這麼複雜啊。

「舉辦活動吸引眾多冒險家，就會在村子裡消費，似乎有改善村子經濟的效果呢。」

以幻想世界的村莊而言顯得積極過頭，不過這個世界的居民，整體思考模式十分接近現代人，因此會有人產生這種想法也不奇怪。

「主人，一定要去看看！然後揍其他的冒險家一頓吧！」

「為什麼會抱持冒險家彼此交戰的欲望啊!?」

攻略迷宮可不是死亡遊戲耶。

娜塔莉小姐瀏覽剩下的資料。出乎意料地寫了不少資訊。

「我看看，『成績優秀的冒險家登記的公會，也會獲贈豪華特典！還有誕生在地英雄的機會，一舉兩得！』這樣呢！」

娜塔莉小姐緊緊盯著我瞧。

啊，這番話的意思肯定是叫我出馬吧。

「呃，我參加的話的確有可能贏得優秀的成績，但這樣有點犯規吧……況且為了公會賺取利益而被迫工作有點……」

「會得到許多最高級小麥喔！拜託您了！」

若是這樣的話，算了，倒是無妨……

話雖如此，一旦參加的話有可能變得非常顯眼呢……

雖然高原魔女的名號已經時不時提升，但我希望盡量低調。

「芙拉托緹明白主人的心情。其實我有好主意喔！」

看來很難推辭了呢。那就期待芙拉托緹的方法吧。

即使芙拉托緹的方法有些可疑的部分，卻十分簡單，因此決定姑且一試。

我的頭上多了角。

終究只是戴著而已。可不是從頭上長出來。

類似以前假扮魔族的時候使用過，附有角的髮箍。

「主人！十分適合您呢！不論怎麼看都像龍族喔！」

即使芙拉托緹這麼說，還是聽一半就好。

芙拉托緹的方法非常單純，只要戴上角變裝一番，就不會被人認出是高原魔女。

這能不能成功，我還是半信半疑。不，應該不太可能吧……？

於是，我決定讓家人看看自製的帶角髮箍，確認大家的反應。

首先在萊卡面前戴上角登場。

「怎麼樣，萊卡？這樣合適嗎？」

萊卡像是被石化一樣僵住了一段時間。

「咦？該不會冷場了吧？希望妳可以提供感想呢。」

「好、好可愛……真的好可愛！」

被滿臉通紅的萊卡如此呼喊！

然後不知為何，萊卡以雙手觸摸自己的臉頰。

「太難為情了無法冷靜，所以等一下再來！」

同時如此表示，跑回自己的房間去了！

神祕的效果，讓我好擔心耶！

© Benio

「啊～萊卡看到角這麼可愛而混亂了呢。如果芙拉托緹也年紀更輕一點，或許會害羞得不敢直視吧。」

「拜託拜託！這對角對龍而言是什麼啊？是會失去理智的東西嗎!?」

我愈來愈不安了耶！

接下來讓哈爾卡拉看看吧。我來到哈爾卡拉的房間。

「怎麼樣，哈爾卡拉，合適嗎？」

「師傅大人……您有變裝的興趣嗎？」

「不是啦。有沒有其他感想？例如看起來就像隻龍之類。」

「削掉角的話應該能當藥材吧。」

這次倒是說出很像配藥師的意見，完全無法當成參考。

附帶一提，羅莎莉與兩個女兒誇我可愛，但這不是為了強調可愛才戴的耶……仔細想想，讓知道自己真面目的家人看也沒什麼意義呢……

反正，應該看不出我是高原魔女吧——我積極地思考。

既然變裝結束，接下來就該決定隊伍了。

布加比地底遺跡的攻略隊伍，必須以四人為一組登記才行。

原因十分合理。

所謂冒險家，人數多比人數少更能大幅增加生存率。

一個人獨闖，萬一受了重傷就會陷入絕境。日常生活也是如此。

比方突然在家裡暈倒，獨居者想求助都沒辦法。可是有家人的話，就能聯絡救護車。雖然這個世界沒有救護車。

如果活動結束後遍地死者，不只活動會泡湯，翌年更難以繼續舉辦，因此主辦方才會徹底執行安全對策吧。

「好啦，反正我和芙拉托緹確定要參加，剩下兩人該怎麼辦呢。」

在餐桌上盯著報名表的時候，萊卡從後方出現。

「亞梓莎大人，吾人也要參加！」

老實說，我早就料到萊卡會說要加入了。

「謝謝妳！有萊卡的力量應該就不會有危險，那就算妳一個囉。」

那麼，問題在於最後一人。

又不能帶女兒去，哈爾卡拉有可能真的會死翹翹，幽靈羅莎莉根據規定多半無法登記。

抬頭一瞧，發信別西卜早已一臉興匆匆地坐在面前的座位。

不是還有小女子嗎？選小女子，選小女子！這樣的聲音在腦海裡響起……

不如問，她什麼時候來的啊……這裡可是我家耶。

雖然現在，就算別西卜自己跑進來也沒什麼好驚訝的。

「妳是魔族吧。魔族可以進入迷宮內狩獵魔物嗎？」

「那妳會認為大魚吃小魚、大鳥吃小鳥都是同類相殘，所以不合理嗎？這樣的話，妳可就一輩子別吃豬牛羊囉。」

噢，這倒是。魔物與魔族實質上是不一樣的。

「可是高等魔族加入，以隊伍而言也太不公平了吧……」

「這句話妳對著鏡子說說看吧。也不知道是誰曾經打贏小女子的喔。」

被她露出冷淡的眼神回嗆。

她說的也沒錯……我參加的那一刻就已經是犯規了……

「另外實際上，如果有過於怪異，或是會對周遭帶來災害的魔物之類，身為魔族也有必要先插手干預。」

別西卜的表情變得認真一些。

「自然產生的魔物中，有可能具備高度智慧而成為魔族，過去封印在人類土地上的魔族復活也不無可能。那座迷宮尚未經過詳細調查，所以才想去確認一番。」

「意思是還有正當理由嗎？」

萊卡也表示「有別西卜小姐加入，堪比百人之力」。或許高達千人的力量吧。

「交給小女子吧。看小女子完美攻略迷宮，不留絲毫破綻。」

這會讓布加比主辦方缺乏攬客的資源而哭哭吧……

「那麼，第四人就算妳一個囉。」

我在姓名欄位內填寫別西卜的名字。

附帶一提，我的姓名欄位還是空白。

因為想不到變裝時的假名。

而且職業欄也還沒填寫。

萊卡與芙拉托緹的職業是什麼？

戰士之類？

「既然要填，希望能填可愛的名字呢～不過，填個像龍族的名字如何呢～」

「哎～真是的，名字隨便填不就得了嗎！讓小女子來寫！」

別西卜伸手搶過報名表。

在我的姓名欄填上「亞梓薩托」。

「拜託！這樣聽起來超強的耶！完全是頭目級角色的名字嘛！」

「因為妳就像這個世界的頭目啊，這不是剛剛好！職業也隨便填就行了！」

結果，報名表變成這樣。

報名表

	姓名	職業	種族
1	亞梓薩托	魔女	龍族
2	芙拉托緹	無業	龍族
3	萊卡	無業	龍族
4	別西卜	農業大臣	魔族

「不對，肯定有那裡不對……」

四人裡面有兩人「無業」不太好吧。

或許她們沒有固定工作，但這種寫法是不是也太不留情面了……？

「原來吾人是無業啊……至少寫吾人是家管的話，吾人會比較開心……」

看，連萊卡都受到了打擊！

「還有別西卜，妳不隱藏自己的身分沒關係嗎？」

「小女子對自己十分自豪，所以完全沒必要隱藏。」

這場迷宮探索活動，我只剩下很不平靜的預感。

「啊，對了，有件事情想先問問妳。」

別西卜露出不可思議的表情盯著我的臉。

「為什麼妳要在頭頂上戴那對角啊？難道覺醒了這種興趣嗎？」

慘了，戴在頭上還沒拿下來。

「不是！絕對不是！」

「話說若是角的移植手術，可以幫妳介紹本領高強的黑暗醫生哪。」

「不用了，不用了！這終究只是變裝而已，完全不需要！」

「附帶一提，黑暗醫生的意思是擅長魔族相傳黑闇技術的醫生，有確實考取正規醫師執照，儘管放心吧。」

「好煩喔！」

另外，之後芙拉托緹進入室內，不過對自己被寫成無業倒是沒什麼感想。

「反正幾乎所有藍龍都沒工作呢。不如說，藍龍就是職業。」

藍龍似乎沒有找份固定工作的概念。在我看來，妳們是不是該注重一下面子比較好啊。

雖然問題一大堆，不過隊伍還是湊齊了。

長距離移動的時候，家人有龍族真是太感激了。這次同樣受到萊卡的幫忙。

◇

布加比村位於內陸，還距離馬路之類十分遙遠，是一座凋零條件齊備的村子，不過許多建築物的規模龐大。

換句話說，可能過去靠礦山發達了一段時期。

酒吧數量也特別多，多半是過去在礦山工作的人們流連的場所吧。或許以前的規模不只是村子，足以稱為「城鎮」也說不定。

這座布加比村在冒險家群聚下顯得特別熱鬧。

冒險家完全擠滿了整座村子。

還有寫著「歡迎各位冒險家！」的旗幟飄揚。

似乎拚了命要靠迷宮復興村子。

我們也前往受理報名的公會。

招牌上寫著「布加比公會兼觀光服務處」。

一進入內部，女性職員頓時眼睛非常炯炯有神地看向我們。

好像受到特別高的期待呢……

「妳好，這是探索地底遺跡的隊伍名單……」

我有點緊張地遞過報名表。

如果沒有提交報名表就探索遺跡，紀錄都視為無效。

「好的！確實受理了喔！」

很好，這樣就獲得了參加資格。

「那麼，這是在村子購物時可以使用的優惠券！」

「啊，謝謝。」

「還有這是觀光地圖！不遠的山谷矗立一座五百年前的要塞，敬請前往參觀！該地區還有壯觀的二段式瀑布喔！還有目前正在推廣以蕎麥粉製作，叫做鹹餅的料理，有這個記號的店家可以嘗到原創口味的鹹餅喔！」

不太對勁。她沒有解說迷宮，反而介紹觀光資訊!?

「嗯～另外旅館決定好了嗎？這是旅館列表，如果出示優惠券的話，一個人可以享有八百戈爾德的優惠！還附贈以村子的蔬菜製作的鄉土料理——」

「等一下，等一下！我們不是觀光客，而是冒險家喔!?」

我們的想法與村子的盤算好像兜不起來？

「啊，也對……其實我明白……」

女性職員有些失望地嘆了一口氣。

「可是，布加比村的人口正在確實減少……更何況連產業都沒有，日子快過不下去了。所以才希望至少在觀光上努力一番，盡可能恢復活力……」

真是活生生的現實啊。

「總之，趕快通關什麼地底遺跡，剩餘時間去觀光不就行了嗎？這次算是業務的一環，也不會用到帶薪休假哪。」

別西卜似乎打算在出差目的地順便觀光。

「芙拉托緹沒有工作，所以可以盡情玩喔！」

「為什麼妳可以得意洋洋地說自己沒有工作啊。」

萊卡似乎對這一點感到難為情。

「無業就代表還有無限的可能性。正因為無色才能變成任何顏色啊！」

好像利用無業與無色的同音哏，想玩文字遊戲。

畢竟上輩子看過因為過勞而自殺，或是求職失敗自殺者的新聞，這麼一來勇於嗆聲『沒工作有意見喔』的態度或許比較好吧。

活下去才是最重要的。

「啊，各位的隊伍，職業欄相當的……這個，很有個性呢……」

櫃檯小姐似乎也察覺到了。

「相較於戰士魔法師僧侶的列隊，十分奇特呢……」

「放心，總會有辦法的。還有不是奇特，而是無業。」

拜託，芙拉托緹，沒工作還要去闖迷宮，人家才會擔心吧。

雖然平常不太在意，不過事到如今才發現，芙拉托緹該不會腦筋特別不好吧……是不是該教育她一下比較好……

「另外這個農業大臣，該不會是開玩笑吧……？」

「是真的。如果謊報可是會被追究責任哪。」

農業大臣在履歷上亂寫『超級媒體製作人（笑）』的話，應該會被開除吧。這種地方或許照實填寫比較好。

「我、我知道了……那麼到地下二十層的地圖由我們發給各位，敬請多加利用。由於還會出現使用毒素的魔物，務必要小心喔。」

「問一下，之前最高紀錄是抵達地下第幾層？」

萊卡詢問。正經的萊卡看起來就像隊伍的良心。

「是地下三十三層。由於原本是礦山，地底下非常深。因此較淺的樓層幾乎都只是往下走而已。真正的戰鬥大約從地下八層開始。從地下三十四層開始請務必帶某些足以證明的東西回來喔。」

「知道了。另外，還有一件事情想確認。」

不知為何，萊卡瞥了一眼芙拉托緹之後才開口。

「如果迷宮內有什麼不能破壞的東西，能不能先告知呢？」

對喔，原來在警覺芙拉托緹大鬧啊……

「這個……請不要破壞地底下的導覽圖與路標喔……」

「意思是除此之外都可以破壞嗎？」

聽到芙拉托緹這句話，櫃檯小姐似乎也明白來了麻煩的人物。

只見她臉色發青。

「……戰鬥中砸出坑洞，或是牆壁毀損屬於不可抗拒因素，所以沒有問題。」

「好，在迷宮內刻下我芙拉托緹活躍的痕跡吧！」

「這個，如果有危險的話務必要返回喔？覺得快沒命的話記得要掉頭喔？畢竟鬧出人命的話會打擊形象……」

瞧不起這一點的傢伙的確多半都會遭遇慘痛教訓。

不過關於這一點，應該是真的，完全沒有問題。

「敬請放心，我會適當地判斷。」

我將手置於胸前表示。

「好，那就麻煩您了，龍族亞梓薩托小姐。」

啊，她稱呼我龍族呢……

變裝姑且算是成功。

於是我們迅速進入布加比地底遺跡。

連入口都有「歡迎！」的字樣，雖然覺得有點怪怪的……

進入布加比地底遺跡後，第一個感想。

就是非常涼快。

話說以前住在日本的時候，去過利用礦坑改裝的資料館。記得盛夏的戶外高達三十五度，但是煤礦坑內只有十五度左右。

可能是風從地底流通，形成了天然的冷氣。

當時不止涼快，甚至只穿一件襯衫而冷到很難受。這裡或許也差不多。

實際上，萊卡就露出不悅的表情。

「迷、迷宮竟然這麼寒冷……看來發展很不樂觀呢……」

「好涼快，好舒服喔！涼快到好想隨手砸破牆壁之類呢！」

反倒是芙拉托緹特別有活力，兩隻龍正負相抵。

即使是相似的種族也會依照環境，擅長的情況有所不同。

然後，進入布加比地底遺跡，我們首先看到的是——

布加比礦山的由來

這片地區自古以來就有許多能挖到銀礦的傳說，據說從大約一千五百年前，曾經有一座小銀礦。開始發展成正式的礦山，則在距今四百五十年前。

是活像資料館的導覽牌！

「哦，還展示了以前的礦山工具哪。」

別西卜觀摩理所當然地排列的展示品。

「呃，迷宮不應該是這樣的吧……啊，根據地圖，到地下二樓都是資料館……」

地圖上甚至標示了哪裡有廁所。

雖然是很親切的設計，但實在缺乏冒險的氣氛。

畢竟是難得的幻想世界，希望能多一點fu。

其實我從來沒有正式攻略過迷宮，所以才會有點興趣。

高原的慢活也不錯，但是難得提升到等級99，一直覺得偶爾以戰鬥為中心也不錯。

結果一進來就是資料館……記得櫃檯小姐說從地下八層開始才是正式的迷宮，沒辦法。

可是，這座資料館卻成為意想不到的陷阱。

萊卡十分目不轉睛地看展示品，導致步調跟著變慢！

「嗯嗯，學到了一課呢。原來坑道是這樣挖出來的啊。可以看出矮人的辛苦呢。」

甚至忘記寒意，萊卡一字不漏地看著導覽板。

她也太認真了吧。

另一方面，芙拉托緹表示「好無聊」不斷往前進。

這是中學的社會科觀摩課程中，在博物館經常上演的一幕耶！

雖然陳列在地的古墳時代出土物，但沒有興趣的人就會視而不見。

附帶一提，我假裝在看導覽板，結果根本沒仔細看內容，說不定這種狀態比不看更糟糕。

別西卜則規矩地跟在我身邊。可能隨便跳著看導覽吧。

似乎實在不怎麼有趣。

地下二層的前方放了一張寫著「圖章接力」的桌子。

好像是收集到地下二十層的所有圖章，就能獲得獎品。
別西卜確實在置於桌上的專用紙張蓋上圖章。
蓋好之後，『唉……』一聲嘆了口氣。
「原本以為是什麼迷宮，真是大失所望。這股幹勁能持續到最後嗎……概念有問題哪……」
我能明白她的心情。連我都開始覺得來這一趟是錯的。
「不，或許接下來會變難也說不定。嗯，總不會一直都是這樣吧。這只是設計成讓不怎麼樣的冒險家也能享受而已。嗯，肯定是這樣！」
芙拉托緹已經在地下二層的終點等待。
「主人，我們快走吧。等不及了呢。」
「不看說明倒是無妨，但是可別衝太快喔。我們畢竟是隊伍呢。」
之後，萊卡才終於抵達。
「哪裡有在賣展示的圖鑑呢？」
「妳也太勤奮好學了吧！」
在迷宮內應該沒有販售吧。
地下三層之後，一直都是布加比村的觀光導覽，所以我也略過。

接著同樣是介紹地區特產品啦，民俗藝品中心啦，地區祭典相關的中心之類，持續了好一陣子無關緊要的解說，終於來到地下七層的終點。真是漫長……

「某種意義上，比普通的迷宮還花時間哪……」

的確，這座迷宮最消耗的就是時間……

「不過，迷宮似乎終於要開始囉。看，有招牌。」

招牌上寫著，從下一層開始會出現強大的魔物，除了冒險家以外禁止進入，以及骷髏頭記號。

「不如說，之前都沒有魔物出現，芙拉托緹覺得好無聊。接下來可要大肆破壞一番啦！」

雖然這句話聽起來不像冒險家，反而像魔物，但是無聊可以體會。

畢竟她剛才完全沒看展覽……

「不好意思，能不能在這裡稍微休息一下呢……」

不過另一隻龍萊卡謹慎地舉起手。

「咦，不是完全沒戰鬥過嗎……？」

「剛才仔細看過展覽後，腳開始痠了……」

「這也是博物館之類經常出現的情況！」

根據情況不同，一直站著看展覽長達一或兩小時，腳會十分疲勞。我能明白她的感受。

「這種時候，若是真正的博物館之類，就會在附設的咖啡廳休息片刻，但這裡好歹也是迷宮耶。」

「不，咖啡廳的話在那裡哪。」

別西卜伸手一指。

「這算哪門子迷宮啊!?」

就在階梯旁邊，還真的有一間名叫『向日葵咖啡廳』的店。

看起來像是硬將木材搬進還算寬敞的坑道內，蓋成的建築物。

「嗯……這座迷宮在反面意義上讓冒險家吃足苦頭哪。這樣下去只會被迫變成單純在地都市的微妙觀光而結束啊……」

別西卜再度說出心中的擔憂。

我也逐漸有這種感覺。

「算了，進去坐坐吧。以萬全狀態挑戰迷宮，是冒險家的鐵則。」

「主人，冒險家還會看展覽嗎？」

芙拉托緹這句話出乎意料地犀利。

「智慧對於優秀的冒險家也是很重要的屬性……」

進入『向日葵咖啡廳』後，出乎意料地擠滿了冒險家。

好不容易找到一桌四人座，聚精會神聽其他隊伍的談話。

「真傷腦筋，剛才一直看展覽，花了好多時間呢……」

「要先掉頭，明天再挑戰嗎？」

「這樣也太空虛了。打起精神上吧。」

他們的情況與我們一樣耶！

「該不會當初說能獲得豪華獎品，也不是什麼超高性能的劍，而是特產品組合吧？」

「若是這樣我可不會善罷干休。明明花了這麼多旅費……」

「照這樣看來，真的有可能喔……」

聽著聽著，連我都開始胃痛了。

振興村子的計畫根本完全失敗了嘛。

不，試圖振興村子的努力不是不好，但這豈不是讓冒險家產生誤會後吸引他們前來嗎……

「亞梓莎大人要點什麼呢？」

萊卡將菜單遞到我面前。

「那就點這一客名產布加比麵包吧……似乎是以麵包夾附近採收的蔬菜與獸肉。」

這一道布加比麵包，上頭記載了在地的十五間店家，分別提供完全不同的口味。

從名稱帶有地名來看，感覺不是以前就扎根在當地的在地美食，很像配合觀光而設計。

我們點了六份布加比麵包。

比人數多的原因，是兩隻龍分別要吃兩份。龍族吃一份不夠。

端出來的布加比麵包是介於三明治或漢堡之間的食物，味道還不壞——可是依然不足以消除別西卜的苦澀表情。

「唔，連小女子也開始於心不忍了哪。」

表情陰暗的別西卜小聲開口。

「小女子從剛才就一直在思考，如果在地的村子要振興，拜託小女子幫忙的話，究竟該怎麼辦才好。」

「政治人物的確有可能會這樣呢……」

在這座布加比村，可以明顯見到逐漸衰退的在地真相，以及試圖抵抗與徒勞無功。

「在魔族的世界，也有好幾座這種沒落的城鎮與村落。世間就是有起有落，不可能持續永遠繁榮。有新興的城鎮與村落，當然也有衰退的哪。可是，又不能對蕭條視而不見……」

別西卜抱頭煩惱。

當初絕對沒料到這種類型的勞心。

原本希望是迷宮很困難這方面的煩惱吧。

別西卜終究是政治人物。很多情況下不能因為村子逐漸凋零而廢村，叫居民遷往他地。

「在小女子的老家，也不是沒有困苦的村子。即使發補助金避免村子荒廢，卻頂多只能運用在整修公所等方面。話雖如此，不發補助金村子可就要毀了哪……」

這已經不是冒險家的對話了吧……

「這道布加比麵包也很美味，卻絲毫沒有原創性。沒辦法讓人產生為了品嘗而前來這裡的心情。以觀光的賣點而言太弱了哪。」

「聽了別西卜這番話，我可能有些瞭解了。」

問題點變得十分清晰。

「這片土地雖然嘗試了各式各樣的挑戰，但每一種的威力都太微弱。」

比方說，沒有人會特地跑來參觀我們剛才看到那些類似資料館的展覽吧。就算宣稱充滿自然，與各地鄉下也沒什麼不同。

「以前建造的主題樂園之類，多半也像這樣做得不上不下吧。投入大筆金錢卻門可羅雀哪。」

「果然，從頭開始重建村子的困難度高到讓人絕望嗎？」

我與別西卜煩惱之際，芙拉托緹又加點了布加比麵包。似乎只要有得吃就很幸福。

萊卡則目不轉睛盯著像是觀光導覽的小冊子。

聽說有教養的人，即使是小地方也能從中找到樂趣，萊卡應該屬於這一類型吧。

若是像她們這樣的人，多半連這種村子也能享受一番，但這種人畢竟是少數，也不是因為想來布加比才來的。

光靠布加比地底遺跡能撐起多少觀光客源，實在讓人懷疑。

更何況靠遺跡的話，只有冒險家才會來。

「算了，無妨。優先目的是進入關鍵的迷宮確認全貌。在這裡繼續討論，不知道的事情還是太多了哪。」

「嗯，畢竟還沒完全看過呢。」

說不定只要有遺跡，有可能讓任何人都願意前來布加比。

——這時候，又傳來不同隊伍的聲音。

「不論迷宮或魔物都好窮酸喔。」

「雖然有寶箱，但都是火把或舊衣服之類。」

「在地下二十層掉頭果然是正確的，反正繼續深入也只是當冤大頭。」

……這樣根本不行嘛。

就在滿滿的不安要素之下，我們付了錢走出店家。

好啦，進入地下八層吧。

希望是一座正經一點的迷宮……

話雖如此，與一邊擔心魔物不知會從何處跑出來，同時在狹窄洞窟前進又有一點，不，是非常不一樣。

來到地下八層後，周圍的氣氛突然變得很像迷宮。

在連天花板都挑高的寬廣空間中，設置了許多建築物。

不過，每一棟都腐朽破舊，早已化為廢墟。甚至還有顯然已經歪斜，即將掉落的招牌。

「原來如此……這就是主題樂園的結局嗎……」

所謂的遺跡，沒有限制一定要五百年以上才能這麼稱呼。因此只要是遺址，三年前也好五百年前也好，全部都叫遺跡。

因此，稱其為地底遺跡並沒有問題。

「這不是比剛才好多了嗎？多半也有魔物哪。」

「好！看我芙拉托緹大顯身手！將一切凍成冰塊！」

別西卜與芙拉托緹都充滿幹勁。能狩獵魔物消除平日的壓力，其實並不是壞事。

況且連我也興致勃勃。

接下來的活動就很像冒險家囉！尋找寶箱吧！

我們隊伍可能是進入迷宮中的最強組合，這種淺樓層應該可以輕鬆前進。

要打破紀錄是從地下三十四層開始嗎？肯定一下子就能刷新啦。

然後，魔物終於出現在我們的面前。

值得紀念的首次遭遇，是——

巨大的蚯蚓。

「噢，這傢伙是巨大蚯蚓哪。身體會像鞭子一樣甩動襲擊。是棲息於地底，極為初級的魔物。」

別西卜仔細告訴我。雖然名字與外觀一樣。

我往前走一步。

「好，這種魔物，看我立刻收拾——」

這時候，我才發現自己不足的地方。

我沒有劍或長槍。

亦即只能靠拳頭戰鬥。

與佩克菈交手的時候，我也頂多以拳腳迎擊。

而且，我才不想空手碰蚯蚓呢。

我從以前就很怕這種東西。

例如西瓜蟲，上輩子念幼稚園的時候還敢摸，可是一念小學後就再也不敢碰了。

於是我往後退一步。

「妳到底想做什麼哪。」

「別西卜，我沒有劍，所以不想戰鬥。略過。」

「噢，原來是不敢摸蚯蚓之類的人哪……小女子也不敢。」

連別西卜都往後退。

話說回來，完全看不出來她有帶劍。

「主人，芙拉托緹也怕這種東西。」

甚至芙拉托緹也後退一步。哎呀……該不會沒有人要出手吧？

「沒辦法。只好讓萊卡——」

結果萊卡發青的臉色比進入寒冷坑道的時候還難看。

「亞梓莎大人，吾人天生……對妖怪與這種黏滑的東西合不來……」

萊卡嚇得躲在我的背後。

居然害怕到這種地步喔！明明是龍族，害怕範圍還真廣啊。

「對、對了，只要吐火的話，不是一下子就能燒光了？這裡空間還算寬敞，使用火炎攻擊應該也可以吧……」

「吾人不想站在蚯蚓面前……而且還這麼大隻……這種蟲系魔物就是沒辦法。切高麗菜的時候曾經在菜裡發現綠色的小蟲……而且已經被菜刀切成了兩半……」

啊，這足以造成心理陰影耶。

「哈哈哈哈！笨萊卡，身為龍族難道不害羞嗎！」

躲在別西卜身後的芙拉托緹如此表示。

一點說服力都沒有。

「我知道了，萊卡。我會想辦法處理，所以不用擔心。畢竟妳就像我的妹妹一樣。」

「好的，非常感謝您，亞梓莎大人……」

既然妹妹害怕，姊姊就得挺身而出。

「那麼，究竟該怎麼狩獵它？」

嗯，當然這才是問題。

「好，就以魔法冷凍吧。這麼一來——」

「亞梓莎，那裡有一面告示牌。」

注意！

魔物若在狹窄通道內結冰，會妨礙通行。敬請盡量避免使用冰魔法。

…………

這下該怎麼辦。

蚯蚓從剛才就一直在估計我們的攻擊時機。

原本希望它害怕我們的實力，趕快自己跑掉。但它似乎沒有這麼高的智慧，大概無法奢求。

「放心吧，別西卜，我有好主意。」

「哦，是什麼來著？」

「就是逃跑。」

單純的方法才能發揮最大的成果。

「卯足全力脫離此處。以我們的能力，可以輕易逃脫吧？」

「……知道了。就用這一招哪。」

我們朝背後一轉身。

「大家，跑吧！」

全力逃離蚯蚓。

問題是，這裡可是迷宮。馬上又有其他魔物擋住去路。

這次是滑溜溜的巨大蛞蝓。

「這一隻是巨大的蛞蝓。它具有毒性，所以要小心哪。話說回來，亞梓莎妳會使用解毒魔法吧。」

呃，這不是解不解毒的問題。

更基本的問題是，連碰都不想碰它。

「誰可以空手碰它的人舉手吧。」

當然沒有任何人敢舉。就算是身材魁梧的壯漢，都會怕這種東西吧。

「好，逃跑吧！」

我們再度腳底抹油開溜。

然後在逃跑過程中，我們發現這座迷宮的可怕問題。
就是一直碰到巨大蚯蚓與巨大蛞蝓！
另外，甚至還有窸窸窣窣行動的噁心大蟲！
「這也難怪！畢竟是陰暗的地底下，的確有可能老是出現這種魔物！」
我們全力衝刺，想盡辦法逃跑。
中途發現通往下一層的階梯，趕緊跑下去。
下一層樓同樣面臨蚯蚓、蛞蝓、噁心蟲子的三重奏，只得在發現往下的階梯前不斷跑，進入下一層。反覆此一方法。
以超高速盡可能往迷宮下層深入。
「等一下！稍微停下腳步！」
別西卜一喊，還以為發生了什麼事，原來是設置圖章的檯子。
「蓋到第二個圖章啦。接下來是地下十六層哪。」
這些事情她倒是沒漏掉呢。
目前來到地下第十二層。好，繼續深入吧！繼續避戰吧！
我們利用持續逃離魔物的選項，憑藉實力不斷往前衝。
考慮到我們的移動速度，逃離敵人的追擊倒是很輕鬆。

中途還有其他的冒險家隊伍，不過並未在意超越他們，或是擦身而過。

「那支隊伍是怎麼回事？難道這裡出現了強敵嗎？」「嗚哇，來了一大堆蚯蚓！」

「又是蚯蚓喔！」

擦身而過的隊伍發出尖叫。

真是抱歉。但並不是打不贏的敵人，所以由你們上吧。

「唔，這種超越常識的方法居然能成功哪……」

中途跑煩了的別西卜飛在空中。如此一來蚯蚓與蛞蝓就不太可怕了。

噁心蟲子逐漸不再出沒了。似乎是只棲息在淺層的敵人。

變成我、萊卡與芙拉托緹追在別西卜身後。

「亞梓莎大人，像這樣一直背對敵人逃跑真的好嗎？」

萊卡提出疑問。

老實說，可以利用魔法冷凍魔物。

只不過，蚯蚓多半都埋伏在狹窄的地方，一旦冷凍就會堵塞通道。這在狹窄的迷宮內有失禮儀。

更何況我實在不想與蚯蚓戰鬥。

既不想讓蚯蚓映入眼簾，也希望華麗的魔法，可以使用在更像樣一點的魔物身上……

「欸，萊卡想與那種噁心的敵人戰鬥嗎？」
「……還是逃跑吧。」
連優等生也討厭詭異的魔物。
「對啊！再往地下深入的話，肯定也會有像樣的魔物！在那之前就抄捷徑吧！」
「一直跑著跑著，愈來愈開心了喔！」
芙拉托緹揮舞雙臂，露出笑容。偶爾有魔物從身後追上來，但馬上就甩掉。
「變成迷宮內的馬拉松大賽了呢。不過，嗯，這樣也無妨。」
我們完全沒停下腳步，在迷宮內奔跑。
來到地下十四層，發現主題樂園的感覺逐漸消失，但我持續前進。
到了地下十六層，在蓋章的場所稍作休息。
別西卜的圖章接力也快集滿了。
「接下來是地下二十層吧。豪華獎品究竟是什麼哪。」
「最好別太期待喔。話說回來……現在還會出現蚯蚓與蛞蝓啊……」
蚯蚓與蛞蝓糾纏不休，一直是登場的主要魔物。
「蚯蚓與蛞蝓似乎都會自己繁殖哪。可能已經成為牠們的窩啦。」
圖章接力的桌上有一個寫了「顧客意見」的信箱，因此我寫下「遭遇的魔物很噁心」這樣的抱怨放進去。

「不過，從來沒聽過不論怎麼深入，都只會出現相同魔物的迷宮哪。遲早會出現多采多姿的魔物吧。」

「對啊。就相信妳的話吧！」

我們繼續往地底深入。

然後在十七層，終於出現既非蚯蚓也非蛞蝓的魔物了！

是巨大的蜈蚣。

扭來扭去地活動，一股難以言喻的厭惡感。

「拜託來一些可以空手擊敗的魔物好不好！別再來蟲系了啦！」

雖然多半一拳就能打倒，但我不想揮拳！

「這是巨大蜈蚣哪。」

「別西卜，這名字也太隨便了……」

感覺好像只要加上『巨大』兩個字就統統變成魔物的想法。

「這座迷宮的魔物品質真是低落哪……從參加人數來看，原以為應該以冒險家的身分與更多人擦肩而過，但大家都在中途掉頭了吧……」

即使是正職的冒險家，也會想狩獵更像樣一點的魔物才對。

「反正，看來只能繼續逃跑囉。」

我們再度轉身，拔腿狂奔。

然後到了地下二十層。別西卜在這裡也蓋了圖章。

「在地下二十七層就能湊齊所有圖章啦！」

最後是在二十七層嗎？居然在那麼深的地方啊。

「都已經這麼深入了，實在是，也差不多，總該會有，既非蚯蚓蛞蝓也非蜈蚣的魔物了哪。咱們走吧！」

逐漸形成為了避免遭遇噁心敵人而往地底衝的神祕動機。

來到地下二十一層後，連主題樂園的殘骸痕跡也不見蹤影。給人的印象是單純的坑道遺址。

來啊，值得出手的敵人，快現身吧。我也差不多想戰鬥了！

讓我好好攻略迷宮吧！

給我一場迷宮首殺吧！

——然後在我們面前，出現了內部空無一物的鎧甲。

「太好了！這樣就可以用拳頭揍了！」

我轉了轉右手臂。

狩獵它吧！還要獲得魔法石囉！

可是，一接近這副鎧甲——

居然從鎧甲的縫隙伸出扭來扭去、黏滑滑類似觸手的東西。
「裡面棲息著噁心的東西！」
「噢，這種魔物叫做鎧甲蝸牛。換句話說，算是蛞蝓的親戚。」
「還是不想碰！仔細一瞧連鎧甲表面都滑溜溜的！」
上頭附著黏液之類的東西！我才不想用拳頭攻擊呢！
依照慣例，我們再度開溜。
逃著逃著，迅速發現通往下一層的階梯往下衝。
「別西卜，這座迷宮內棲息的魔物也太偏門了吧！太沒有個性了！」
「話說回來，不知為何好潮溼哪……該不會出現了湧泉之類吧。」
「來迷宮難道是錯誤的選擇嗎……」
或許當初該選擇魔物更強的森林之類才對。

我們終於抵達地下二十七層，別西卜收齊了所有圖章。
「好，這樣應該能換到些獎品吧。」
別西卜藉由與我不同的方式維持探索動機。
另一方面，來到這裡的其他冒險家隊伍顯得十分疲勞。
似乎是隊伍領袖的劍士主動開口。

「哦，妳們隊伍真是有精神呢。我們差不多到了極限，所以準備撤退……魔物不只噁心，而且變得愈來愈強……」

之前一直躲避戰鬥的我們倒沒什麼實際感覺。

「我們已經盡了全力。」

由於卯足全力逃跑，所以不算說謊。

「是嗎？除了妳們還有其他強大的年輕冒險家，或許都能刷新紀錄吧。」

「哦，是這樣的啊。」我回答得模稜兩可。

「嗯。那支隊伍好像都帶木棒，以突刺狩獵所有敵人，還說絕對不想碰到任何魔物。」

「那支隊伍真是聰明呢……」

如果明天也要闖迷宮的話，或許木棒是必備品。

不過，既然依靠先溜為贏戰術（雖然根本沒有交戰）來到相當深的階層，說不定應該靠這招繼續硬衝。

就像以最短時間通關遊戲為目的的影片一樣。

「那麼，就以追上走在前頭的隊伍為目標前進吧，亞梓莎大人。」

萊卡發現不一樣的目標，鼓起了幹勁，其實卻躲在我身後。似乎不敢直視這裡的魔物。

原因很明白，但是被龍當成擋箭牌的我究竟是什麼啊……

淺樓層還有不少導覽板之類的牌子，不過來到這一帶，連情報都幾乎是零。多半因為來的人也不多，連公會職員都到不了吧。

然後，地下二十九層有這樣一面招牌。

接下來第三十層開始是地底遺跡！
各位辛苦了！

另外，蚯蚓也會愈來愈強，敬請各位小心！不是淺階層能相提並論的喔！

- 尤其是泛紅色的種類代表狂暴。
- 泛藍色代表具有毒性。
- 身體很長的會纏繞敵人用力勒緊。
- 七年前，此地發現了新品種的蚯蚓。

「只有蚯蚓的花樣特別豐富！」

這座迷宮的生態系到底怎麼回事啊！

「亞梓莎，這片土地就是這樣，只能認命了。機會難得，往迷宮底層前進吧。不如說，小女子可不認為明天會再來哪。」

「也對……目標就訂今天之內攻略完畢吧。」

通往地下三十層的樓梯幾乎等於豎穴。

可能是將原本崩塌之類形成的坑洞加工而成。

走下一瞧，發現疑似地底遺跡，有人工斧鑿的跡象。牆上塗了顏色。

還有不少扇門，打開其中一扇後，見到好幾個已經被搜刮一空的寶箱。

「這才是真正的迷宮嘛！」

我們的幹勁也隨之提升。

好，距離刷新紀錄終於開始倒數啦！

地下三十三層同樣順利抵達。該處豎著一面「目前最高紀錄」的立牌。

我們同樣躲避該樓層的魔物，同時通過。

終於抵達地下三十四層！

萊卡在此處確實製作迷宮地圖。這是為了幫我們證明新紀錄。

「終於來到人跡未至之地了。我也開始感到緊張囉。」

「主人，寶箱說不定也會有好東西喔！」

芙拉托緹也露出至今最開心的模樣。我們獲得回報的時刻終於來了。

「變成神祕地底遺跡後，有門的房間也變多了，可能也有尚未開啟的寶箱！說不定還有傳說道具喔！」

接下來要遠比之前更加謹慎地調查樓層。

更何況萊卡一直在製作地圖，因此不能再橫衝直撞。

然後，我們發現了很可能有道具的小房間。

「希望裡面裝了能帶回去，給法露法與夏露夏當禮物的東西！」

可是，房間內的寶箱早已全部開啟過。

「這是怎麼回事？不是抵達了新紀錄的樓層嗎？難道立牌的情報太舊了？」

「說不定搶先咱們的冒險家已經通過了這一層。看，在地下二十七樓不是聽過嗎？」

噢，剛才提到以木棒戳魔物的那些人嗎？

「話說回來，沒看到那一支隊伍呢。既然都來了，想超越他們呢。」

「沒什麼，咱們之前一次也沒有戰鬥過，疲勞也比較少。發現只是時間問題哪。」

接下來同樣也不戰鬥，稱霸迷宮吧！」

沒啦，不戰鬥只是結果論，可不是不想戰鬥喔。

話雖如此，到現在還是有蚯蚓出沒，所以還是提不起勁戰鬥。

這次我們同樣掉頭就跑，但敵人特別敏捷。連蚯蚓都愈來愈強。

「小女子看看，是這邊嗎……如果這裡相連的話，就能甩掉它們了。」
「別西卜，蚯蚓追上了了喔。速度再快一點！」
雖然很想冷凍它們，但通道十分狹窄，因此盡可能不想使用冰魔法。
而且另一側也有蚯蚓衝過來。
慘了，被前後包抄！
後方的蚯蚓也活力十足地往前衝。
走投無路——其實沒那麼嚴重啦。
「沒辦法了。冷凍它們吧……」
反正這一層幾乎沒有其他冒險家，一條通道塞住應該不礙事，應該吧……
「保險起見，大家退後一點。雖然後退太多的話，會有蚯蚓跑過來。」
我開始口中喃喃詠唱。
不過，就在我即將詠唱完之前——
前方的蚯蚓身體被某種東西猛然一戳。
是從死角伸出來的木棒。
蚯蚓當場死亡，變成魔法石。
啊，狩獵後變成魔法石就能摸了呢。有沒有哪裡掉落木棒呢。或是冷凍後再狩獵，就能讓蚯蚓變成魔法石嗎……

不對，不對。還有更重要的事。

會伸出木棒，代表的確有支隊伍走在我們前頭。

究竟是什麼樣的人呢。難道是散發老手氣氛的人們嗎？

問題是，老手會帶木棒冒險嗎？

第一人從死角探出頭來。

「咦？這不是亞梓莎小姐，以及別西卜大人嗎？」

在該處的人是利維坦族的法托菈。

既然法托菈在這裡，代表──

「哇！居然會在這種地方見面！真是巧呢！」

法托菈的妹妹瓦妮雅也跟在後頭。

「哇咧，難道會上演道具爭奪戰嗎……這麼一來就太可惜了……」

連武鬥家史萊姆的武史萊小姐都在場。

依照這種局面，大概猜得到接下來誰會出現。

「姊姊大人與我之間以命運的絲線連結呢。」

魔王佩克菈跟著現身。

原來是魔族隊伍在攻略啊！

難怪會刷新紀錄，畢竟又不可能輸給蚯蚓。

看到我們後，武史萊小姐臉色發青。

「請問，各位之前該不會空手狩獵蚯蚓與蛞蝓吧……？這樣很髒喔……」

「被武鬥家這樣嗆聲實在無法接受！妳才以拳頭揍蚯蚓吧？」

「哪有，我是以華麗的棒法狩獵這些骯髒的敵人。」

哦，原本以為她會秀出棒法的架式，結果動作卻像使勁朝髒兮兮的魔物一戳。

「那不能叫做棒法吧！」

就這樣，我們在地底深處遭遇了魔族隊伍。

「話說回來，佩克菈，妳怎麼會在這裡？」

要說為什麼會問這種問題，是因為提到佩克菈就想到惡作劇，提到惡作劇就離不開佩克菈的關係。

我可受不了被捲入這種麻煩。

「這個，姊姊大人可能不明白，但我身為魔王，必須一直待在城堡裡才行。簡直就像籠中鳥呢。天啊，我真是不幸……」

「可是妳不是經常外出嗎？算了，無妨，繼續說吧。」

© Benio

法托菈在後方露出宛如「魔王大人，真虧您有臉說出這種話」的眼神，所以我的吐槽應該頗為正確。

「退一百步而言，就算我經常外出好了。畢竟身為魔王，也沒辦法放膽大鬧一番。而且魔王要是大鬧的話，一個不小心會造成人類恐懼呢。」

「說起來，魔王是受到人類恐懼的對象沒錯……之前甚至宛如偶像般表演，我完全忘記這回事了。」

「不過，我畢竟是正值芳齡的女孩子啊！意思是，也會想模仿大家，勇闖地城尋找寶箱之類嘛！」

雖然很想吐槽，但這次佩克菈的眼神是認真的。

「從小，我也看過許多進入迷宮冒險的小說呢。特別喜歡『迷宮與矮人』，俗稱『D&D』系列喔！」

「是、是喔……」

不同於平常，佩克菈的眼神改變，滔滔不絕。

話說回來，印象中這女孩很愛看書。孩提時代，出門受到限制可能是事實，如此一來娛樂活動就僅限於看書之類可以在房間內完成的吧。

「姊姊大人，您知道嗎？『D&D』光是攻略一層樓的部分，都至少要耗費四小時左右閱讀呢。」

「也太厚重了吧！」
這比實際攻略迷宮還花時間吧。
「不過發展很有吸引力，才能不厭倦持續看下去。遭受巨大青蟲的攻擊，我方冒險家接二連三死亡的場景真是震懾啊。」
「咦，我方，會陣亡嗎……？」
「是的。在『D＆D』，弱小的冒險家相較之下很容易死。這一點又十分有真實感喔。我經常不知不覺中幫魔物加油呢。」
她享受的方式還真複雜……
「以前我也經常心想，真想在迷宮內毫不留情解決冒險家呢～這種場景，同時進入夢鄉喔。」
佩克菈做出胸口有本書，緊緊抱著書本的動作。
還有，魔王在深處等待的迷宮，模式也太困難了吧。
「可是，這種夢想當然無法實現，一直從事魔王的工作呢。有沒有誰能代替我當魔王呀。」
法托菈在後方冷靜地表示「不可以這樣」。
她很有可能是我認識的人當中最正經的。
「正巧，我聽說了這座布加比地底遺跡的事情，心想一定要攻略，做些很冒險家的事情，才決定參加呢。」

「這部分與我的想法接近……！」

我也想過冒險家的癮。

這是在幻想世界的夢想之一呢。

「啊，姊姊大人也是這樣的嗎？哇～！真不愧是姊妹，想法合拍了呢！」

佩克莅握起我的手，使勁揮了揮。雖然她的個性應該與我差很多，但已經公認算是我的妹妹了。

「另外由於必須四人參加，因此我們是被拉來的隨從！」

「名義上是出差。」

利維坦族血緣的姊妹回答。

「由於有出差補助可領，因此我很開心地參加。心、技、體、錢，身為武鬥家的我不會疏忽任何一項，好好努力。」

「武史萊小姐，心技體後面的東西是多餘的喔。」

話雖如此，隊伍裡有一名武鬥家的話，不是會顯得平衡許多嗎？況且隊伍中已經有兩名利維坦，平衡性不太好。

不對，等一下……

「話說回來，像是報名表，妳們是怎麼填的啊？就是要填職業之類的那一張。」

就算允許魔族前來，職業欄寫魔王之類會引發慌張吧。雖然多半會被當成開玩笑。

「那張表啊，是我提交的喔。應該哪裡有副本才對。」

法托菈翻找一番後將報名表遞給我看。

報名表

	姓名	職業	種族
1	佩克菈	公務員	龍族
2	法托菈	公務員	龍族
3	瓦妮雅	公務員	龍族
4	武史萊	武鬥家	魔族

「幾乎都是公務員呢！」

「因為是國家官員，我們姊妹都屬於公務員。魔王大人的職務內容也是公務，所以認為填上公務員沒有問題。」

原來如此，完全沒有撒謊呢。

照這樣下去，迷宮就要被滿是無業遊民與公務員的隊伍稱霸了。這樣真的好嗎？

「我也將這一趟當成工作的話，就能毫無顧忌享受迷宮啦！反正隊伍也絕對不會陷入突發意外，小意思！」

佩克菈似乎真的十分興奮，惡魔般的尾巴略為晃動。

「只不過……若說有一件事情很可惜的話……」

佩克菈望向後方。

只見應該相當強大的巨大蚯蚓緩緩逼近。

佩克菈以木棒一戳，蚯蚓便輕易被擊敗，變成魔法石。

「這座迷宮，滑溜溜的魔物太多了……既然會這樣，當初就該準備劍……」

「對啊。我當初也太輕視這裡，認為不需要武器。結果失敗了。」

表情絲毫沒變的法托菈承認錯誤。

意思是遭遇敵人很噁心，這種雖不起眼卻相當棘手的困難嗎？

「算了，反正也沒關係。因為能以木棒狩獵啊～乾脆連來到亞梓莎小姐等人面前的敵人也一起擊敗吧～」

瓦妮雅如此表示。這的確就像『幫妳拿行李吧』一樣輕鬆。

「那就拜託妳囉。一直躲避蚯蚓的追擊實在很辛苦。」

不過，這時候我發現一項問題。

自從我來到這座迷宮，該不會到最後，連一次敵人都沒狩獵過就通關了吧……

這樣完全沒有達成當初的目的耶……

下次在挑戰之前，先確認是不是有可愛魔物出沒的迷宮吧。

不過，如果魔物可愛的話，還是很難狠心下手。還是找乾淨又面目可憎的魔物出沒的迷宮算了……

離開迷宮來到地表

She continued destroy slime for 300 years

我們與佩克菈的隊伍會合後，以攻略迷宮為目標。

由於通道沒辦法讓八人排成橫列步行，所以採取兩排縱隊。

走在最前頭的是瓦妮雅與芙拉托緹，我在後方與佩克菈走在一起。

附帶一提還手牽手。遠足喔。

「這樣可以當作與姊姊大人遠足嗎？」

「絕對不一樣吧。畢竟是在迷宮中相當深的地方。在這裡約會的情侶應該幾乎都會分手，應該說會先沒命。」

「不過，這座遺跡究竟是怎麼回事呢？連魔族都完全沒有頭緒呢。」

佩克菈以空著的另外一隻手指抵著嘴唇。動作與她好搭配。

法托菈從後方補充「是的，城堡的圖書室資料中沒有任何記載」。

「這麼說來，這裡該不會是神祕古代文明之類？那麼或許很有趣喔。說不定有不得了的寶物！」

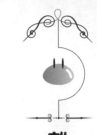

我們不僅人數多，隊伍還強得離譜，因此作戰改為從尋寶中發掘樂趣。

「如果一如姊姊大人所說的就好了，不過之前發現的道具一點也沒有遺跡的感覺呢。」

「話說回來，佩克菈你們隊伍開過了寶箱吧。」

「是的。多為茶具等日用品。雖然不是廉價品，但都是在哪座城鎮販售也不足為奇的貨色。」

我產生不好的預感。

「該不會為了振興窮鄉僻壤，對外謊稱有奇怪的地底遺跡吧……然後隨便擺放一些道具唬人……」

「亞梓莎小姐，應該不會有這種事。畢竟來到地底如此深處改造成迷宮內部，可是相當大的工程。蚯蚓強度不弱是事實，要付諸實行就必須雇用大量熟練冒險家。若是傳聞從雇來的冒險家口中，傳出有招攬冒險家的活動的話，多半會穿幫吧。」

走在前頭的瓦妮雅一邊戳著新出現的蚯蚓，同時表示。

「太好了，太好了。對啊，光是來到這裡就相當辛苦了呢。」

由於戰鬥力膨脹的關係，很容易忘記這方面的問題。

「不過，事先放置在此處的道具，整體而言很像倉庫內無用之物的印象。剛才也有奇怪花紋的盤子之類。這究竟是怎麼回事呢？」

瓦妮雅悠哉地撿拾出現的魔法石。真的毫無緊張感。

「這方面依然成謎，不過繼續冒險下去，謎題總會揭曉吧？反正解謎是冒險家的工作。」

我以為自己說得十分巧妙，結果沒有任何人回應我，感到有點寂寞。

「姊姊大人，剛才那句話，聽起來很帥氣喔。」

「拜託不要莫名地停頓一會才說啦，這樣反而很難為情耶！」

◇

走下階梯，再往下深入一層。這樣就來到地下三十五層了。

這一層在通道兩側設置了排水溝，好像地下鐵的車站。

迷宮原本就很潮溼，但是終於開始有水流動，需要設置水溝了。

另一方面，樓層的門上寫了這一句話。

『放置怕溼氣物品的房間』

一看內部，只見收藏了諸如裝在畫框內的繪畫，看起來的確很怕溼氣的物品。一言以蔽之，就是儲藏室。

「這絕對不是古代文明……」

「對啊。我也覺得掃興了。」

完全沒有顛覆自己理解的東西。感覺就像普通地參觀朋友家的倉庫之類。

然後再往前進，卻發現出乎意料的事情。

通道前方有淡淡的光線照進。

「咦？不是在迷宮內嗎，發生了什麼事？」

「主人，我們去看看吧！」

「身為魔王大人隊伍代表，我也要去看看！」

芙拉托緹與瓦妮雅快步奔跑。我們也追在後頭。

不過由於正牽著佩克菈的手，導致幾乎無法發揮速度。

「鬆開妹妹的手可是重大的違反禮儀情節喔。姊姊大人不及格！」

「好啦好啦……」

就這樣牽著手，前往光線的所在後——

我們來到了地表。

那是一處像是深邃的山谷底端，抬頭一望，只見山崖上有些微光線傾注。

可能因為周圍的湧泉順著洞窟流動，水滴答滴答地低落，長著許多種類的羊齒蕨。感覺有很多負離子。甚至可以說是一座小型瀑布了。

「噢，原來是這樣啊。果然與吾人的想法一致。」

萊卡迅速取出該地區的地圖，點了點頭。

雖然她本人似乎明白，但我們卻一頭霧水。

「萊卡，麻煩說明一下。」

「因為地圖上記載，距離布加比不遠處有一座深谷。既然山谷很深，代表只要一直深入迷宮，就會抵達山谷而來到地表。」

「所以說，這裡就是迷宮的終點嗎？」

我望著眼前滴水的光景。

很可惜沒有頭目之類，不過依舊算是冒險吧。

而且甚至沒由來地，產生一股懷念的氣氛。

怎麼回事呢。以前在日本幾乎沒有來過這種地方耶。

不對，不是上輩子的記憶這種曖昧的東西。

我來過這種景色的場所。

「該怎麼說呢，我感覺到類似強烈的既視感。」

「亞梓莎大人，您以前曾經旅行至這附近嗎？」

萊卡一臉不可思議地問我。

「絕對沒有這種事。我很少離開高原之家外出。可是、可是……我卻記得這裡的景色。」

這是怎麼回事？真的，為什麼會產生這種感覺？

◇

我在不明白這種奇妙熟悉感的原因之下，繼續往深處前進。

「啊，亞梓莎大人，與其他人分隔太遠，有可能會走散喔！」

「我的惹麻煩體質還沒有糟到會迷路，所以放心吧。畢竟我實在無法冷靜下來。沒解開這個謎題我無法回去！」

沒錯，現在的我是冒險家。因此謎題不解開太說不過去了。

看我找出這種奇怪感覺的答案！

腳下路況很差。由於水從岩石滴下導致溼淋淋，一不小心就會滑跤。

但我依然不予理會邁開腳步。

即使迷宮闖完也不代表旅途結束。看我好好在這處谷底探索。

然後，我終於抵達了問題的答案。

偶然遇見水滴妖精悠芙芙小姐，通稱悠芙芙媽媽，正在撈起以泉水冰鎮的蔬菜。

「哎呀，亞梓莎，妳怎麼會在這裡呢？」

悠芙芙媽媽的更後方，還有我曾經住過的房子。

「難怪我會有印象！因為不久之前，才來過這附近嘛！」

話說回來，這附近一直不斷滴水呢。

的確是水滴妖精該居住的場所。

「啊，妳該不會是從迷宮前來的吧？儲藏室的東西別拿走太多喔。不過，因為老是放置用不到的物品，不如說是物盡其用吧。」

等一下，這句話代表的意思該不會……

「那個類似地底遺跡的部分，難道是屬於悠芙芙媽媽的嗎……？」

「看，我不是擔任『世界妖精會議』的執行委員嗎？舉辦場所也曾經選在這附近。如此一來，覺得有可以住宿的地方比較好，才改建土地設置了房間喔。雖然目前僅將一部分房間當成了儲藏室。」

原來是這樣啊！

「不知何時，在某處與迷宮的部分連結在一起了呢～」

「可是製作那麼大規模的建築，應該也需要很多工程相關人物，難道話題不會傳開嗎？」

「工程獲得了岩石妖精的幫助，其實不難搞定喔。」

原來妖精自己就搞定了嗎。

謎題揭曉了。

布加比地底遺跡，是妖精專用住宿設施的遺址。

不過，以人類的價值觀來看，或許百分之一百二十是不得了的大發現吧。

之後，我向大家介紹悠芙芙媽媽。

「亞梓莎一直受到各位照顧了。」

「這句話聽起來好像真正的母親喔……呃，這個，其實無妨……」

畢竟我也產生彷彿她就是母親的錯覺，所以也很難抱怨。

「哇～！總覺得與姊姊大人有幾分相似呢！」

佩克菈，隨口說得太誇張了吧。再怎麼說也沒有血緣關係啦。

立刻就回去感覺也太冷淡了，因此我們在悠芙芙媽媽家享用特製煎餅，同時回顧這次的迷宮攻略之旅。

「真是一座充滿蚯蚓與蛞蝓的迷宮哪。」

明明是蒼蠅惡魔的別西卜卻露出厭惡的表情。雖然說『蒼蠅忍耐一下、蚯蚓會怎樣』這種話也太不講理了。

「結果，那並非地底遺跡呢。就算是遺跡，但其實並不深，吾人認為，早晚會有哪裡的冒險家完全攻略吧。」

攤開忠實製作的地圖，萊卡同時表示。

附帶一提，悠芙芙媽媽家裡放著「地底遺跡」的結構圖。

也難怪，畢竟是設計者，有結構圖也不足為奇。

於是，我們的遺跡攻略就這樣告一段落，不過還剩下一個問題。

「布加比那座小村莊，失去了一個振興村子的希望了嗎……」

迷宮這種設施一旦攻略完畢，冒險家就不會再來，反正又拿不到新的寶物。

要說事不關己的確就是毫無關係，但實在很困難呢。

這種層次的問題靠努力論是絲毫無法解決的。

如果我缺乏力量，那麼靠肌力訓練之類的個人方法，總能設法解決。

可是叫我想辦法拯救淪為廢棄礦坑、逐漸凋零的村子，我實在無計可施。

畢竟礦坑廢棄，人去樓空是自然的天理。

「亞梓莎，這只是村民單方面誤會罷了。其實妳不用這麼煩惱吧。這個世界上有多少人就有多少煩惱哪。」

別西卜露出愕然的表情開口。她並非因為冷酷無情才說這種話，而是試圖附和我吧。

因為別西卜的個性，正好就是喜歡多管閒事。

「不過啊，我感覺到一股設法靠觀光復興村子的氛圍喔……比方說，有人倒在自己面前，要對他見死不救，反而比較困難吧？」

「就算妳這麼說，這座廢棄礦坑又有什麼原因，能讓人特地前來哪……」

四周頓時沉默了一會。

慘了。氣氛弄僵了嗎？

大家似乎都在幫我思考，但答案好像沒那麼容易找到。

如果靠一個點子能扭轉乾坤，肯定早已付諸實行了吧。

「我武史萊有好主意！」

在一片寂靜的房間中響起武史萊小姐的聲音。

「什麼主意？反正肯定是歪點子吧？」

「別西卜師傅，拜託多相信我一點好嗎？」

她們的師徒關係真傷腦筋……

「只要多多舉辦類似這次地底遺跡探險的活動就好。比方說每年舉辦武術大賽，諸如此類的活動多一點就好啦！」

原來如此，想法本身不壞。

日本也有舉辦祭典吸引觀光客的地方呢。

「哦，比想像中還正經哪。」

「別西卜師傅，您知道後面那句話是多餘的吧……」

雖然不停鬥嘴，不過她們的師徒關係還挺合拍耶。

「只要提供高額獎金，武鬥家就會從世界各地前來。畢竟大家都喜歡錢勝過三餐。」

那是妳的價值觀吧……不過，以賞金營造衝擊力可能是對的。

「原來如此，原來如此～可是在我看來，這種規模的村子在財政上，頂多只能提供當地栽培的蔬菜組合做為獎品喔～」

佩克菈提供非常生動的意見。

「啊，附帶一提，如果獎品是這樣的話我絕對不參加。」

「武史萊小姐，妳翻臉比翻書還快耶！」

「因為參加比賽，又要被揍又要被踹可是會痛喔？吃了這麼多苦頭，贏得的居然是蔬菜，當然沒辦法接受！錢，錢！我要的是回報！」

其實某種意義上是對的……

布加比村究竟該怎麼救的話題，完全得不到頭緒。

「啊～如果有媲美真正的地底遺跡，任何人都會想來觀光的絕景就好了……」

話雖如此，這等於強人所難。就是因為沒有這種觀光資源，才會一直蕭條下去。

布加比附近似乎有一座瀑布，但多半不足以吸引遊客。

否則早就變得更有名了。

「唔～要說絕景的話，那裡如何呢～」

悠芙芙媽媽故弄玄虛地表示。

「那裡是指哪裡呢？」

「這附近真的有好多瀑布呢，其中有特別漂亮的喔。我稱之為『地底大瀑布』。」

畢竟連悠芙芙媽媽家一旁也有瀑布，這裡在地形上似乎很容易湧出水。

不過，只是稍微壯觀一點的瀑布足以突破現狀嗎……

不，在看之前就判斷可不是好事。先看看再說。

「悠芙芙媽媽，能不能帶我們到那座瀑布去？」

「為了可愛的亞梓莎，當然好呀。那麼我準備三明治，等我一下喔。」

雖然心想真的要出遊喔，不過要去看瀑布，算是出遊吧。

準備期間，我們在其他房間等待之際，萊卡客氣地來到我身邊。

「亞梓莎大人，您居然認識如此洋溢母性的對象啊……」

「噢，嗯……由於與妖精相關，與法露法和夏露夏出門的時候呢……」

然後萊卡的表情略微和緩。

「原來亞梓莎大人也會那樣撒嬌啊。得知亞梓莎大人也有孩子氣的一面，吾人放心了。」

「放心是什麼意思啊……？還有，我、我沒那麼撒嬌啦……那種程度算普通……」

「將這種玩笑話當真的亞梓莎大人，說不定很難得呢。」

好像進一步被萊卡嘲笑了。身為師傅的威嚴，完全蕩然無存呢。

雖然我們不是那麼嚴謹的師徒關係，所以無妨。

三明治似乎也準備好了，於是我們跟著悠芙芙媽媽，前去觀賞瀑布。

一直走在地底水脈從各處不斷滴落的區域。

即使從穿越洞窟的地點考慮，距離都頗遠。而且路況很糟。

「假設這裡真的有壯觀的瀑布，會不會因為過於不便而無法當成觀光資源啊……」

瓦妮雅說出大家可能心裡考慮卻沒有說出口的事情。

「總之先走吧……況且說不定真的非常稀奇……」

要說勝算沒有。死馬當活馬醫。

附帶一提，在我看過的瀑布中，最慘烈的是在日本，僅有三十公分左右。

說不定大約有五十公分，但充其量只是誤差。

那座瀑布小的可憐。當時我心想，可能只是河川的一部分。

居然也好意思叫做瀑布啊……

「以地形而言，的確很可能有瀑布吧。連這附近都有水不停在滴。應該不會太差。」

法托菈緩緩觀察周圍並繼續走。

「啊，這是貴重的青苔呢。」

只見法托菈在採集些什麼，裝進袋子裡。

「難道是青苔收集者嗎!?」

「對呀。青苔仔細瞧不是很可愛嗎？有療癒感喔。」

真是各種興趣的人都有啊。我實在不太明白。

「看，亞梓莎小姐，試著抬頭仰望吧。非常有幻想氣氛喔。」

我順著法托菈的視線仰望。只見高聳的山崖與山崖之間，水滴不斷滴落，一部分化為雲霧，形成獨特的景觀。

也明白幻想氣氛這句話的意思了。

「…………的確，看起來不錯呢。這種景色或許也足以當成觀光資源。」

這裡有不走在地底就看不見的景色。

「亞梓莎小姐，走路不看腳下很危險喔。」

法托菈剛一提醒，瓦妮雅就在潮溼的岩石上滑跤。我也小心一點吧……

又走了十分鐘……

途中，還穿梭在像是岩石與岩石之間的地方——

「呵呵呵，各位，我們到囉。這就是『地底大瀑布』。」

走在前頭的悠芙芙媽媽停下腳步。

正前方剛好是一面岩壁，不往右轉根本無法讓視野開闊起來。

走在前頭的別西卜與萊卡，都驚訝地張著嘴。

「咦，有那麼驚人嗎？」

我也急忙往前走，向右拐彎。

於是我目睹了只能以絕景形容的景色。

好幾十，不只，幾百座小瀑布就像垂柳一樣，從兩側的岩壁飛躍而出。

雖然每一座瀑布都很小，但由於數量相當龐大，因此形成前所未見的空間。

同時夕陽隱隱約約灑落，看起來超級漂亮。

「哇，好厲害……」

我茫然呆站在原地。

原以為既然是瀑布，多半是魄力十足的一座瀑布，不過種類完全不一樣。

彷彿無數水浴正在演奏交響曲。稱之為瀑布群吧。

在場明明有好多人，大家卻都默默看著瀑布。

「很驚人呢。這可是我珍藏的景色喔。」

悠芙芙媽媽絲毫沒有得意的模樣，僅面露微笑。

「明明這麼驚人，卻絲毫不為人所知。誇張一點，說不定懂得語言的人當中，只有我知道這裡吧。」

「請問……為什麼這麼壯觀的景色不為人知呢……？」

萊卡似乎也完全看得入神而渾然忘我，但聽到悠芙芙媽媽這番話後，腦筋終於開始運轉。

「很單純啊。因為根本沒有來到這種地底的通道。最近，似乎終於打通了我以前建造的部分，但連冒險家都尚未抵達此處呢。」

對啊。深入迷宮後，我們才頭一次來到此地呢。

我們「發現」了這座瀑布。

連武史萊小姐都以極為清澈的眼神，一直盯著瀑布群瞧。

然後，嘴裡如此嘀咕。

「這個地方，可以收錢呢。」

連內心都被金錢汙染了喔。

不過，這個點子倒是不錯。

就是可以收錢這一點。換句話說，可以當成觀光資源呢！

「這個，悠芙芙媽媽，有件事想拜託妳。」

由於可能會汙染特別的場所，我誠惶誠恐地開口。

「我們想將這座瀑布當成觀光景點宣傳，可以嗎？」

布加比地底遺跡是通往傳說級瀑布的走廊——只要如此宣傳，就能吸引客人來到村子吧。

這座瀑布只有此地才有。即使其他地方不足為奇，為了瀑布，人潮也只能來到此處。

當然，這不是一般人來得了的地方，不過這個問題先擱置。

「好啊。畢竟道路已經打通了，即使置之不理，也註定會有各式各樣的人前來。」

悠芙芙媽媽絲毫沒有不悅的神色，一口答應。

在這方面，該說妖精心胸寬廣嗎，或許個性不會在意這種小細節吧。

「謝謝妳。這樣應該可以拯救一座村子。」

我緊緊擁抱悠芙芙媽媽。應該說，比較像是回過神後已經抱住了她。

果然，有媽媽的感覺。

被悠芙芙媽媽抱在懷裡，就覺得好放鬆……

之後，由於緊貼著水滴妖精的關係，身體一部分溼答答……不過類似副作用，所以得忍耐才行……

◇

我們接二連三冷凍蚯蚓並登上洞窟（回程改變方針不再逃跑），回到村子的工會。天色已經完全暗了下來。

女性職員似乎還在為其他冒險者導覽觀光，等她結束後我們才走過去。

「兩支隊伍會合後完全通關了地底遺跡。」

然後我們叮叮咚咚掏出地底遺跡的設計圖，以及在迷宮內撿到的戰利品（真相是悠芙芙媽媽沒在使用的器具中，說是已經用不到的東西）。

「…………………什、什麼？您已經，通關了嗎……？」

只見女性職員茫然了一會兒。

畢竟有人通關地底遺跡，就等於觀光資源的消滅。

當然無法感到開心吧。

「是的。刷新紀錄之後，從相對比較淺的樓層來到了地表。」

「噢，這個啊……難道您抵達了『布加比的裂縫』嗎。那是一座巨大山谷，在地質迷之間倒是較為出名。」

「我想也是。既然通關了，能不能獲得什麼獎品之類？」
一旁的別西卜表示「圖章接力也全部收集完畢，拜託妳啦」，並且遞過集滿圖章的紙。
原來別西卜喜歡收集這些東西啊。我是中途嫌煩就懶得繼續收集的人。
「好的，請稍後片刻。天啊……明年開始的迷宮企劃該怎麼辦……」
明明通關卻沒有人為此高興，也微妙地感到難過。
隨後女性職員步履蹣跚，同時端來的是——
「這是布加比特產的長胡蘿蔔與黃蘿蔔！以甜如水果而受到好評喔！」
還真的端來了當地特產！
或許我們完全通關是好事也不一定。
如果將這種東西交給追求稀有道具與金錢的冒險家，可是會引發暴動的喔……
將裝了胡蘿蔔與蘿蔔的盒子交給我們後，女性職員的情緒又變得更加低落。
「可是，想不到地底遺跡比想像中還淺……原本預定發現是超古代文明後，一口氣大逆轉，脫胎換骨成宇宙神祕村布加比呢……」
與其說計畫根本就是做夢了……
「不好意思，如果可能的話，能不能幫忙找觀光協會的會長來呢？」
女性職員的表情緊繃。

「又要抱怨嗎……」

剛才，她說了『又』吧。

「已經收到了好多抱怨，像是『太窮酸』、『大老遠跑來卻大失所望』、『蚯蚓太多』、『難道只有蚯蚓嗎』之類……這樣下去完全不會有回流客，該怎麼辦呢……」

那麼無論如何，就算繼續這樣下去，也會每況愈下而結束嗎……

「不是什麼壞事，敬請放心。」

我向前來的觀光協會會長說明，有一座非常驚人的瀑布。

聽到這件事的會長似乎也愈來愈起勁，但是中途又情緒低落。

「非常感謝您提供情報……可是只有各位這樣優秀的冒險家才能抵達，沒辦法當成觀光資源……」

「不，關於這一點，在地下十五層左右挖掘橫穴的話，就能抵達山崖。屆時只要緊貼著崖壁往下即可。」

沒錯，這座廢棄礦坑的開鑿方向不斷偏向山崖，來到大約地下十五層之處，就十分接近『布加比大裂縫』了。

那麼只要朝山崖挖通，就不會出現太多蚯蚓與蛞蝓之類的魔物。或許依舊會出現，不過這一點就請雇用冒險家解決吧。

聽我說完的會長表情也愈來愈開朗。

「原來如此！一定要試試看！」

「能幫上各位的忙真是太好了。」

「真的非常感謝！魔族與龍族的各位！」

聽到這句話，我才恍然大悟。伸手一摸頭，附有角的髮箍還穩穩戴在頭上。

當初為了不讓人認出高原魔女才戴上角。

「龍族亞梓薩托小姐，感謝您的幫忙！」

變裝居然一直沒被識破啊……

◇

之後，布加比村的瀑布成為熱門景點。

觀光介紹還寄到我家來，附贈許多特產蔬菜。

封面上大大地寫著「自然，浪漫與瀑布的村莊布加比」。浪漫是怎麼回事啊。

反正這是我人生中首次攻略迷宮，這點小事就當作報恩吧。

雖然原本想多狩獵一些魔物，同時前進呢……

只不過，現在卻多了奇怪的傳承。

自然，浪漫與瀑布的村莊
布加比

幾百年前，龍族與魔族來到此地，告訴布加比的居民在煤礦坑底下有漂亮的瀑布。可是，隨著漫長歲月經過，漸漸無人知道確切位置。近年來，居民為了發現這座瀑布而開始費時數年歲月的計畫。然後，啟動計畫整整過了五年，終於重新發現了這座瀑布！

各種吹牛皮耶！
不如說，除了我們告訴他們的瀑布以外，幾乎全都是假的嘛！
反正是沒有任何人損失的謊言，還是別抱怨了吧……

前往別西卜的家

She continued destroy slime for 300 years

這一天別西卜照樣前來遊玩。

「這是本次的伴手禮。在魔族土地也是十分珍貴的樹果喔。」

「哇～！別西卜小姐，謝謝妳！」

「感謝您總是費心。」

又使出拉攏女兒，找機會收養帶回家的作戰了。

覺得女兒這麼可愛的話，自己結婚生幾個不就得了，但三百年未婚的我也沒權利說她。畢竟不該對他人的生活方式說三道四。

「小女子的宅邸裡有各式山珍海味齊全喔。畢竟擔任農業大臣。會收到許多做為試吃樣品的東西哪。」

完全是工作上的福利呢。

這時候，我忽然對某件事情感到好奇。

「話說回來，別西卜住在什麼地方？」

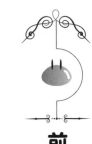

別西卜頻繁來到我們高原之家，反倒是我們一次也沒有拜訪過她家。

「那可是氣派的豪宅哪。畢竟小女子是高等魔族嘛！光是看到豪宅外觀，霸氣就足以讓人嚇得腳軟了吧！」

別西卜顯而易見地挺胸自豪。

這麼直截了當炫耀自己家的人可不多見呢。

不過，她在魔族中的地位也很高，住在雄偉的豪宅內不足為奇。

我反而不想見到她住在三坪大的房間內。

「那麼，可以去拜訪一次嗎？」

一瞬間大驚失色的別西卜，露出慌了手腳的態度。

「啊，法露法也想去別西卜小姐的家看看！」

「夏露夏也很感興趣。希望務必能參觀。」

兩個女兒也十分感興趣。

該說兩人的好奇心比普通小孩更旺盛嗎，畢竟都有熱心於研究的一面呢。

畢竟她來高原之家這麼多次，我們也應該有權利去她家吧。

「這、這個啊……不過呢，最近，兩個利維坦屬下都很忙，想搭便車可能會延遲也說不定哪……」

「我們家有兩名龍族，可以自行飛過去。純論移動速度的話還比利維坦更快呢。」

剛才在房間後方的芙拉托緹表示「藍龍速度很快的喔！」雖然比起速度，更希望她重視安全。
「唔，這樣啊……那麼告訴小女子日期的話，來之前幫妳們安排旅館吧……」
「咦？妳家不是很雄偉嗎？不能在豪宅內的空房間過夜嗎？」
就算羅莎莉是幽靈所以免費，其他家人的住宿費統統加起來，也得花不少錢。
而且看別西卜掩飾的態度，肯定有內情。
「別西卜，妳家該不會出乎意料地狹窄吧？」
日本的喜劇中經常有這種橋段，看起來很有錢的人實際上很窮。別西卜該不會也這樣吧。
即使沒有小到僅僅三坪，但只有兩室一廳的話，剛才當面擺出不可一世的態度，肯定很難開口吧。
「沒有這回事！小女子的豪宅很巨大！在附近也很有名！這一點是肯定的！更何況一查就穿幫的事情怎麼敢撒謊哪！」
結果她居然強烈否定！
這話不假，如果住家狹窄，就不會如此露骨地誇耀大豪宅了。
「不過，這麼多人前來遊玩，得準備對應的房間，小女子也得格外謹慎才行哪。所以才會心想，乾脆幫妳們找旅館比較方便。僅、僅此而已……」

「噢，嗯，抱歉剛才懷疑妳……」

畢竟這與大學生讓朋友睡租屋處不一樣。

話雖如此，整體而言還是強烈感受到她不希望我們拜訪的氣氛。

「好！法露法，得準備過夜的組合囉！」

「換了枕頭有可能睡不著，枕頭是必需品。還有也別忘記空閒時間看的書。」

只不過兩個女兒迫不及待想去，沒有退路了呢。

「那麼，就全家一起去吧。我們帶『營養酒』當伴手禮可以嗎？」

「這種事情無所謂，兩手空空來吧。」

別西卜回答的態度顯得憂心忡忡。

「回去之後準備一番吧，得事先好好準備才行哪……」

◇

我們向哈爾卡拉打聽公司的休假情況，正式決定日期。

中途一邊休息並過夜一邊趕路。即使憑藉龍族的速度，魔族的土地還是很遙遠。

反倒是別西卜經常跑來高原之家，應該也是因為一直使用轉移空間系的魔法吧。

其實我曾經因為方便的理由，想學這種魔法，但不只出乎意料地麻煩，還有魔族專屬的特殊發音，一直無法順利學會。

即使等級高也不代表連發音都很清晰，因此很難使用魔族的魔法。

或者純粹因為魔族身強體健而不會疲勞嗎？還是我認識的魔族是例外嗎？

附帶一提，萊卡與芙拉托緹半路開始比賽速度，我立刻喊停。

「注意安全飛行！畢竟有人類乘坐在妳們身上耶！哈爾卡拉甚至已經哭出來了！」

「剛才，我差一點暈過去呢……不如乾脆暈過去，醒來後發現已經抵達的感覺比較好……」

惹麻煩體質的哈爾卡拉，萬一出意外摔下去可就慘了，因此以繩子拴住她與龍型態的萊卡腳上，也就是救命繩索。

「哈爾卡拉大姊很怕這種事情呢。」

羅莎莉雖然是幽靈，但可能依照慣性法則？一直穩穩乘坐在萊卡身上。

然後逐漸感到些許寒意的時候，遠處見到魔族的土地進入視野。

「亞梓莎大人，要在哪一帶降落呢？」

龍型態的萊卡詢問。

「這個呢，麻煩在范澤爾德城的北邊降落，因為別西卜的豪宅距離北邊較近。」

好啦，別西卜的住處究竟是什麼模樣呢？

我們依照事前她告訴我們的住址，走在魔族的城下町內。

對魔族的街道也逐漸習慣了。

應該說比起人類國家，我們更常來魔族的城下町。

因為太多認識的對象是魔族出身。

然後，目標建築物遠在抵達之前就已經清晰映入眼簾。

三層樓高，外觀像是巨大洋房的建築，附有寬廣的前庭峨然聳立。

通道正前方甚至還有高聳的圍牆與金屬製大門。

「大姊，這是貨真價實的有錢人呢……」

出身平民的羅莎莉對豪宅規模一臉茫然。

「對啊……甚至對她有過絲毫懷疑感到過意不去呢……」

可是，究竟該怎麼進入呢。豪宅本身可在遠方耶。

就算小孩子大喊「小○○，出來玩吧！」一聲音也傳不到吧。

連門扉都足足高達三公尺。其實從空中飛進去也可以，但說失禮的確失禮。這是小偷闖空門的方式。

——這時候，響起尖銳的噹啷噹啷聲。

芙拉托緹敲響了掛在門扉旁邊的一座大鐘。

「拜託！這種音量會吵到鄰居吧！」

「不過設置在這裡的意思，應該是讓訪客敲響這座鐘通知吧。」

的確可能是代替門鈴對講機。況且如果沒有守門人，就無法告知來意了。

芙拉托緹的判斷沒錯。過了一會兒別西卜從豪宅前來。

這種豪宅規模可能會有女僕或管家一字排開，但主人親自迎接是這裡的規矩也說不定。

門扉喀嚓一聲從內側開啟。

「哦，來得正好哪！寒舍窄小招待不周，進來吧。」

「呃，這種謙虛的招呼語，這一次真的不太合適……更何況妳之前還自豪地說是豪宅吧。」

首先我們在帶領下來到一樓的餐廳。正好口也渴了，應對很周到。

「茶有許多種類，喜歡哪種茶可以隨意挑選沒關係。」

「嗯，謝謝。那麼就入境隨俗，拜託妳準備魔族土地上香料味濃郁的茶飲。」

「話說魔族的貴族真是豪氣呢。這麼大的豪宅，在人類世界也十分罕見喔。」

萊卡在房間內左顧右盼，坦率地表達佩服。

「因為小女子當了很長時間的農業大臣哪！這點程度是應該的！哼哼！」

對於足以展現自己是貨真價實的有錢人，別西卜似乎也鬆了口氣。讓人見到這麼氣派的豪宅，所有疑惑都會煙消雲散。

之後與別西卜天南地北閒聊了一會兒。

畢竟經常見面，雖然沒什麼累積許久的話題，但聊天的哏要多少就有多少。

別西卜還不時去拿取魔族土地的點心，幫我們端上桌，因此嘴巴也沒閒著。

「來。這是鹹味的，不過含在嘴裡會覺得十分美味喔。」

她讓我們嘗嘗類似梅干變種的點心。於是我也嘗一口。

這時候，有件事情吸引我的注意。

從剛才一直都是別西卜去端點心。這個，其實呢，我們是受到招待的客人，不知道點心在哪裡所以沒辦法去拿，但這種工作一般不是都交給女僕之類的嗎？

這麼一來，代表豪宅裡沒有女僕。

難道她獨自居住在這麼寬廣的地方嗎？

呃，其實我也獨居了很長一段時間，所以不想對這一點挑毛病。但是豪宅寬廣的程度，就算雇用一兩名女僕也不足為奇。即使是高等魔族，要維持這麼大的豪宅也很辛苦吧。

有人覺得家裡有陌生人會造成精神疲勞，難道她刻意一個人住嗎？

看到別西卜的家還以為解除了疑惑，但現在又多了新的謎團。

話說，我們大人一直閒話家常倒無妨，但在場卻有不滿足於聊天的孩童。

「別西卜小姐，法露法想在這棟豪宅中探險～！」

「夏露夏也同意。在不會造成麻煩的範圍內即可。」

沒錯，因為這棟豪宅非常寬廣，法露法與夏露夏早就按捺不住。

應該想逛逛各種地方吧。豪宅寬得可以在走廊上賽跑。

「知道啦。那麼，小女子帶妳們參觀吧。」

接著由當家為我們介紹豪宅。

「首先，這裡是廚房。」

嗯，廚房果然也寬得非比尋常。甚至想單獨分離這一區，改為調配藥物專用呢。

喜歡下廚的萊卡露出羨慕的表情。

「接著，這裡是浴室。」

噢，多半可以十人同時泡澡吧。

「這邊則是廁所。」

哦，設計成以水魔法確實沖洗乾淨呢。

「然後，從這處走廊窗戶能看見的，就是真正的庭院哪。」

沒走出戶外雖不清楚全貌，但唯有寬廣是肯定的。還看得到池塘。與其說庭園更像森林。

「好，到此為止！」

噢，嗯，原來如此，原來如此——不對，有點不對勁吧。

「等等，等一下。別西卜，問個問題。」

「什麼事？說明庭院這種小事，在走廊上也可以吧。」

「帶我們參觀的範圍也太狹窄了吧。這棟建築物，光是一樓，應該還有無數房間。況且還有二樓三樓沒介紹呢。」

「唔……知道了哪。那麼，再稍微介紹一點……」

接著別西卜帶領我們來到的是——

「這是小女子的房間。」

房間內有大型床鋪、衣櫃、梳妝臺等一應俱全。毫無疑問很有自己房間的感覺……可是相較於建築物尺寸，整體上顯得小而別致。

該怎麼說呢，給人一種光是這間房間，就足以包辦一切的印象……

「話說，別西卜妳平常不使用其他的房間嗎？這裡很像獨居女性的單人房喔。」

「這、這是小女子的自由吧！況且還有不想公開的私人區域……」

——就在這時候，法露法突然衝出房間。

「法露法也想看看二樓～！」

直接在走廊上奔跑，朝樓梯的方向衝去！

「身為妹妹必須跟上去才行。」

即使不如法露法興奮，夏露夏依然小跑步追上去。
「哇！二樓不行哪！」
別西卜試圖阻止，但頑皮的兩人根本充耳不聞。
兩人直接衝上通往二樓的階梯。
我與別西卜跟在兩人後頭。
可是，二樓究竟有什麼呢？
「哇～！探險，探險！」
只見法露法已經來到上二樓的階梯頂端。
慢了一會兒，夏露夏也跟著抵達。
然後，法露法喀嚓一聲打開距離最近的二樓房門——
當場嚇了一跳癱軟在地。
「哇哇哇……哇哇……嗚哇……」
另一方面，夏露夏有些淚眼汪汪地呆站在原地。
「怎、怎麼了嗎!?難道有什麼不可以看的東西嗎!?」
雖然應該不太可能，但畢竟是魔族豪宅，希望沒有什麼殘酷的東西……比方說排成一排的穿刺人頭，不要出現這種血腥的發展啊……
我也急忙跑到兩人身邊。

映入我眼簾的是——

積滿蜘蛛網與灰塵而顯得一片蒼白，宛如廢墟般的房間。

怎麼看都不是有人住的環境。

不只沒人住，要問情況的話，這房間應該五十年內從來沒有人踏進一步吧。

「這裡不是別西卜的豪宅嗎……？為什麼會變成這樣……？」

話說回來，二樓的地板也積了厚厚的灰塵。

兩人跑過的腳印清晰地留下。簡直就像踩踏在積雪的道路上……

「被發現了嗎……」

趕來的別西卜露出放棄抵抗的表情。

「雖然希望妳說明的事情太多了，但妳會告訴我們吧？」

別西卜也微微點了點頭。

「首先，這座豪宅毫無疑問，是屬於小女子的。」

這句話應該不假。問題在於二樓的慘狀。

「可是實在太大了無法管理，因此僅在一樓的一部分空間生活……二樓以上完全沒有進去過！」

謎團揭曉。現在知道為什麼明明住豪宅，聽到我們想來卻露出微妙的表情。因為根本沒有客人能睡的空間，這種一片灰白的房間也不敢讓人發現……附帶一提，連剛才一樓沒帶我們參觀過的房間也有類似情形。

一打開從裡面傳出聲音的房門後──

「唔，灰塵實在太多了……饒了我吧……」

「馬上就到休息時間了，瓦妮雅，忍耐一下……我也覺得很難受……」

原來是戴著口罩的利維坦姊妹，法托菈與瓦妮雅在房間內與灰塵苦戰！打開其他的房門，發現武史萊小姐正拚命擦拭地板與牆壁。

「比起修行弄得傷痕累累的日子，光是有能遮風避雨的空間就是現充族了！」

她倒是十分堅強地打掃呢。武道也屬於肉體勞動，應該十分契合吧。

之後再詳細追問別西卜，得知這座豪宅並非別西卜祖傳，而是別西卜當了農業大臣之後才獲贈的。

「原來妳不是出身貴族世家啊。」

「不如說，是當官才出人頭地，自動變成貴族哪……父母都是平民……因為難為情才一直隱瞞。不好意思……」

「可是，原來別西卜這個名字是本名啊。聽起來很強呢。」

「人類不是也會以聖人的名字，為平民取名嗎？」
啊，的確是這樣沒錯。全世界都有名叫瑪麗亞的女性。
所以說，別西卜算是飛黃騰達的類型吧。
表面上已經扮演高傲的角色，事到如今當然不敢說出真相吧。
然後，獲得豪宅的別西卜也不太清楚該怎麼過奢侈的生活，似乎也完全沒雇用女僕或管家，選擇僅在自己生活所及的範圍過日子。
以前在日本當社畜的時候，曾經夢想住在寬敞的房子，但其實是有限的。就算得到超出自己能力的建築物也應付不來吧。
只不過，聽別西卜說明的期間，有股奇怪的悶熱感。
我望向悶熱感的來源，發現是萊卡。
「亞梓莎大人，建築物明明這麼寬廣又氣派，卻沒有好好利用，不覺得很浪費嗎？」
哦，這是覺醒了某種事物的表情喔……
「一起將這座豪宅打掃乾淨吧！」
果然說出了這句話！真是認真耶！
可是，我的心情卻很微妙。
畢竟這完全不是幫普通房子打掃的層次。

這裡可是豪宅，房間數量也多得驚人。

就算打掃個大概，也等於杯水車薪……

「欸，萊卡，能不能適度幫忙打掃一樓的房間就好……？如果要徹底打掃，估計至少得花一個星期吧……」

其實別西卜在目前的生活空間也過得沒什麼問題，這樣就好了吧。

「亞梓莎大人，吾人有密技。看吾人在短時間將豪宅打掃至還算整潔的狀態。」

真的有可能辦到嗎？可是，萊卡的表情充滿了自信。

只見萊卡豎起手指指向芙拉托緹。

「賭上龍族的威信，來比賽誰更會打掃吧！」

原來如此，對芙拉托緹使出激將法，將打掃本身化為對戰比賽嗎？

可是，真要說的話，芙拉托緹生性懶散，怎麼會答應什麼打掃對決呢——

「所有與妳的對決我都要贏！這才是我芙拉托緹的自尊！」

一下子就讓她上鉤了！

總覺得萊卡短短一瞬間，露出邪惡的笑容。

剛才，她心裡在想「這個人真是笨蛋」之類的事吧。

萊卡可能已經學會了操縱芙拉托緹的方法。

原本希望萊卡能維持不受汙染的純真，但是活久了總會明白世故吧。這也不見得不算成長。要變得更堅強啊。

「那麼，時間限制先暫訂為晚餐時間吧。誰能在那之前將更寬廣的範圍打掃乾淨者獲勝。」

「好！交給我吧！看我芙拉托緹將灰塵、蜘蛛與家具統統吹跑！」

「這個，拜託別弄壞家具喔……？這裡可是別西卜小姐的家呢……？打掃的時候可得小心一點啊……？」

萊卡倒是焦急地提出了限制。芙拉托緹有氣勢但粗枝大葉，有可能弄壞豪宅。

總之，決定進行「藉由打掃對決在短時間內集中清掃乾淨的戰術」。

另外，聽到兩名龍族進行打掃對決，利維坦姊妹顯得最高興。大概覺得工作量會減少吧。

似乎比別西卜還要開心。

「總之，打掃本身並不是壞事，願意盡情地打掃對決就好。」

基本上屬於善行，既然她們肯在不會工作過度的程度內幫忙，也沒有理由阻止。

「那麼，擔任裁判的是——」

我望向天花板的方向。只見羅莎莉飄浮在該處。

「羅莎莉，拜託妳。我們實在不太想上二樓與三樓……」

「明白！不論積了多少灰塵，也不會有損幽靈的健康！」

碰到這種時候，羅莎莉就幫了大忙。

於是，龍族打掃對決就此開始。

萊卡負責二樓，芙拉托緹開始打掃三樓。

其他人在一樓的餐廳等候。

「啊，說起來其實庭園也雜草叢生，樹木蓊鬱哪。因為從來沒有整理過……」

「妳啊，豪宅擺爛也該有個限度吧！」

該說空有寶物卻不懂利用，還是什麼呢……？

獨居實在不需要大豪宅呢……

「不過，只讓萊卡與芙拉托緹兩人打掃也過意不去，我們也幫忙整理一下庭園吧。」

「若是植物的話，我也很熟悉呢。」

連哈爾卡拉都一副「交給我」的樣子拍胸脯。導致胸部洶湧地晃了晃。炫耀喔！

「也對。那麼小女子也動動筋骨吧。」

兩個女兒則似乎單純期待來到庭園，顯得坐立難安。

雪白色灰塵房間的心理陰影，似乎已經消失。

「好～！啟動豪宅舒適計畫吧！」

——然後，到了黃昏時分。

「太寬廣了。不如說，太深邃了……」

我們這批庭園打掃部隊，在庭園入口處不遠便受到挫折。

由於生長的全都是有刺的樹木，而且每一棵樹都深深扎根。其中甚至還有生長至幾十公尺的樹，與其說庭園，根本變成了真正的森林。

而且，樹木與雜草緊緊填滿了縫隙，連踏進森林內都十分困難。

簡直堪稱森林壁壘了。

哈爾卡拉已經仰面朝天，精疲力竭累倒。

「精靈實在應付不來……森林的素質差異太大了。連精靈接近都反而會遭殃……」

「這座庭園自從小女子成為農業大臣後，一次也沒有進去過哪……而且從以前就呈現半棄置狀態，最少已經維持原樣五百年了吧……」

連擁有者別西卜都露出驚愕的表情說。

「那不叫庭園。只是單純的大自然……」

根本沒有受到人為影響，茁壯地生長耶。

我鑽進樹木之間的縫隙，進入一瞧。

連森林內也肆無忌憚地生長著各式各樣的草。

「這麼一來，光是拔草就要花好幾十天耶……」

這裡原本就是魔族的土地，根部長達好幾十公尺，根本沒完沒了。
我試著隨手用力拉扯長在附近的草。
草根長度還算標準，卻很粗。
「身為魔女，對這種素材會感到好奇呢。」
看起來很能當藥材利用。不愧是魔族的土地。
以收集配藥材料為目的，進入此處也不壞。好，那這棵草如何？

「不、不要拔！」

突然傳來奇怪的聲音，我停下拉扯的手。
「咦，哈爾卡拉，妳剛才喊了什麼嗎……？」
我望向大家問道。
「我從剛才就一直累癱而已耶……」
那麼剛才的聲音是怎麼回事？好像是從土壤中傳來的……
我朝地面看過去，不知為何留下了類似鼴鼠在地表附近爬行的痕跡。
「該不會對住在地底的魔族造成了麻煩吧……？不太清楚呢。」
比起這件事，先去看看兩名龍族的對決結果吧。

先上二樓。

「這是吾人自認努力後的結果！」

萊卡負責的二樓，兩間房間清理得閃閃發光，甚至足以立刻使用。這種結果從萊卡的日常行為就能清楚得知。

相較之下三樓。

「我芙拉托緹壓倒性勝利！任何人都看得出明顯差距！」

嗯，任何人都看得出明顯差距……

芙拉托緹打掃了三樓的大部分區域，但全部都十分隨便。

房間角落毫無遺漏地草率了事，到處都留下灰塵。連走廊角落都看得見白線，代表她只注意中央，無視牆邊吧……

可是純論表面積的話，芙拉托緹壓倒性勝利也是事實。

「剛才我一直擔任裁判，但究竟該宣布誰獲勝呢……？」

羅莎莉似乎也對打掃品質差距太大，一直煩惱不已。

「也對……這裡就交給裁判決定吧……」

問題在於兩人都露出自己贏定的表情。

「吾人的勝利是不會動搖的。畢竟打掃得如此窗明几淨。」

「芙拉托緹會靠表面積贏得三倍分數！不論裁判多麼不公平，都只能宣布芙拉托緹勝利！」

慘了……當初應該事先設定詳細的勝利條件才對……

「這個呢……贏家是……不、不分軒輊！請當作比賽不存在吧！」

羅莎莉很幽靈地鑽過牆壁，當場開溜。

某種意義上，當場消失這種對應方式，很有幽靈的風格呢。

之後果不其然，萊卡與芙拉托緹爭論了許久。不過別西卜的豪宅稍微變乾淨了一點，就當作ＯＫ吧。

「打掃一番後，感覺有可能完成哪。」

「雖然妳說得事不關己，但拜託妳負起當家的責任管理啦。」

「也對。那麼今後，就決定好好整頓豪宅一番吧……」

這座豪宅不知何時才能恢復往年的輝煌，不過屆時就拜託她讓我們過夜吧。

「接下來就致力於美化到讓法露法與夏露夏可以留宿吧！」

「怎麼像是為了心術不正的原因而鼓起幹勁!?」

兩個女兒也是，

「哇～！過夜好像很開心呢～！」

「留宿體驗對於形成人格也有幫助。」

開心地喊著。

只要是為了法露法與夏露夏，別西卜多半會拿出真本事，真的有可能在短時間內打掃到一塵不染的等級……

進入豪宅庭園的樹海

She continued destroy slime for 300 years

距離上一次造訪豪宅大約過了一個月後。
這一次換別西卜招待我們全家前往豪宅。
我們家有固定工作的只有哈爾卡拉一人，因此立刻調整日程完畢。
如果這次沒去的話，別西卜多半也會鬧彆扭，所以就機靈地登門打擾啦。
「怎麼樣，完全煥然一新了吧？」
我們前往豪宅後，別西卜得意地先讓我們見識二樓的走廊。
紅色的地毯一直鋪到後方，完全沒有像上一次灰塵染白的誇張情況。
「對啊。相較於滿是塵埃與蜘蛛網的慘狀，逐漸變成像樣的豪宅了呢。」
「大姊，即使是幽靈，也比較喜歡住在不那麼髒亂的場所……」
結果卻被羅莎莉提醒。
「也對。沒有人想刻意住在髒汙的環境中吧……充滿灰塵會呼吸困難呢……」

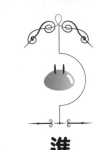

「總之，因為我沒有呼吸，不太了解呼吸困難的感覺，但是我怕蜘蛛，要是有大蜘蛛棲息之類的話，真的很可怕。甚至有一整天嚇得發抖的經驗……」

羅莎莉可能在腦海裡也想像著蜘蛛，全身不停顫抖。

「連幽靈都會怕蜘蛛啊……」

「那種動作本能上就難以接受……感覺根本就是地獄使者嘛！」

換作日本，不如說是從天堂垂下蜘蛛絲，給人機會脫離地獄苦海的存在，但這就是文化的差異吧。如果實際的天堂真的有這種東西爬來爬去，我也受不了。

「蜘蛛嗎？這附近有足足等於雙手攤開大小的喔。」

「也太大了吧！」

這種東西就算不是蜘蛛，任何蟲子都很可怕！

「放心吧。牠不會危害咱們，還會幫忙吃掉多餘的害蟲，是內心溫柔的生物哪。」

「即便如此，這種尺寸還是太扯了！毫無疑問就是魔物吧！」

看來我沒辦法在魔族土地生活……萬一碰到這種東西，應該會烙印在記憶中一百五十年……

「超巨大蜘蛛……我實在不行……光是用想的，就快要升天了……」

臉色發青的羅莎莉穿越建築物，跑到室外去了。的確，天空正中央沒有蜘蛛呢。

「唔，出乎意料地膽小哪。」

「不如說，為什麼別西卜如此鎮靜才是謎吧。」

這也是文化差異嗎？世界上似乎有人敢空手拍死蟑螂，類似這種概念吧。

「既然豪宅也變乾淨了，法露法與夏露夏隨時都能以養女的身分前來哪。」

別西卜咧嘴一笑。那種笑容是怎麼回事啊。

「不論妳說幾次，我都不會讓妳收養喔。她們兩人會由我負責養大，不用擔心。」

附帶一提，法露法從剛才就在活動領域變廣的別西卜豪宅內四處奔跑。既然法露法開心，別西卜應該也會高興吧。

「好寬，好寬喔～！好像還能賽跑喔～！」

噠噠噠噠——

法露法獨自默默地跑著。真是活力十足啊。

另一方面，夏露夏不知為何躺在走廊上滾來滾去，直接轉起了圈圈。

「夏露夏，妳在做什麼……？」

「夏露夏在實驗要轉到什麼程度才會頭昏眼花。不只是紙上談兵，實踐也很重要。」

雖然實在很沒禮貌，但是睜一隻眼閉一隻眼吧。

只見夏露夏滾向走廊的後方。速度比想像中還快。

「啊，好棒喔～！法露法也要滾，一起滾！」

法露法一邊滾動一邊狂追夏露夏。頑皮是頑皮，卻也看得讓人微笑。

至少我和別西卜都微微一笑。

「嗯，小孩子就該這樣才對哪。」

「對呀～希望她們能健健康康，頭好壯壯地長大呢～」

高原之家周邊做為四處奔跑的環境的確是最棒的，不過在建築物內奔跑，似乎又有另一種樂趣。

「看樣子偶爾帶她們兩人來玩，似乎也不錯呢。」

「這可是妳說的喔！小女子親耳聽見了喔！到時候小女子拿休假預定表給妳，當天可要確實帶她們兩人來哪！」

「好啦好啦，適度地期待吧。」

雖然不打算讓她收養，不過考慮到當成最喜歡疼愛兩人的阿姨家活用的話，這棟建築物可能也不錯。

一直生活在高原之家，她們兩人有可能也會厭煩。那裡雖然最適合慢活，可是相對地，太缺乏刺激了。

提到刺激的話，應該是魔族土地上最不缺的。

不過，小孩子玩膩的速度比我們想像得還快。

抵達走廊底端的兩個女兒緩緩回來。

「走廊已經玩夠了吧。」

「應該已經充分享受過了。」

啊，她們兩人，已經露出了興致索然的表情……

連別西卜見狀也受到打擊。

畢竟打掃這座豪宅肯定花了相當長的時間吧……

「接下來想去庭園探險！」

「這座豪宅的庭園如海洋般廣大。務必想去散散步。」

原來如此，興趣與關注焦點轉移到那裡了嗎？

「別西卜，庭園也整理乾淨了嗎？」

不過別西卜依然低頭，搖了搖表示否定。

「小女子還沒清理到那邊……」

◇

我們高原之家全家人來到庭園。

與其說庭園，根本是樹海。

「因為這裡有大樹盤根錯節……似乎連魔族園丁都難以處理哪……所以整理得花

龐大的時間……」

「畢竟面積可不是一丁半點啊。沒辦法。」

不過，女兒們眼睛反倒炯炯有神。

「可以玩探險遊戲喔！」

「這樣有前進的價值。」

兩人就這樣，直接跑進森林內。

「欸！不可以跑太遠喔！」

她們沒聽見我的聲音呢。

「哎……反正很快就會再度感到膩而跑回來吧。」

可是，別西卜的表情卻十分陰暗。

「這可糟了……太深入的話可是會出不來的哪……」

「拜託拜託……再怎麼說，這樣也太誇張了吧？」

「植物之中有些品種可能會襲擊動物。」

我再一次認識到，這裡是魔族的土地。

意思是樹木或草有可能攻擊她們兩人嗎！

「再這樣下去，可就慘了！」

我的家人們也激動地表示要立刻去找女兒。

「亞梓莎大人！十萬火急，立刻進入這座庭園吧！」

「師傅大人！兩人有危險了！我也鼎力相助吧！」

很高興萊卡與哈爾卡拉的心意。可是──

「哈爾卡拉不用去沒關係。畢竟用膝蓋想都猜得到妳會遭殃……這個危險性比較高。」

「才不會！師傅大人，沒有這回事！我可是精靈呢！絕對、絕對不可能在森林裡迷路的！」

哈爾卡拉說的「絕對」這兩個字，還真是缺乏說服力……

「退一百步而言，假設妳沒有在森林裡迷路。」

「也不要退一百步好不好。」

抱歉，因為我已經見過太多次妳引發麻煩了……拜託也讓我自我防衛一下。

「退七十五步而言，妳沒在森林裡迷路。」

「又退讓了不少呢……不過，算了……師傅大人您接著說吧……」

「森林裡生長會攻擊哈爾卡拉的植物，這種危險性是存在的吧？比方說，有植物會分泌溶解液，只溶化哈爾卡拉的衣服而已。」

「這種色色的劇情，不太可能發生吧～」

「若這種程度還能當成搞笑，但總之妳的戰鬥能力讓人擔心，所以勸妳打消念頭。」

豪宅的主人別西卜也手抱胸前，點了點頭。

「說起來，應該只有能飛的人進入森林才對。如此一來，即使在森林裡迷路，也可以飛往空中，藉此脫離森林吧。」

「原來如此！那麼哈爾卡拉以外的所有人，可以幫我尋找兩個女兒嗎？」

芙拉托緹、萊卡、羅莎莉接二連三回答：「好的！」

「嗚哇啊啊啊！怎麼覺得只有我被排除在夥伴之外？」

其實我也明白哈爾卡拉的心情，但萬一哈爾卡拉受害的話，可就不知道該如何是好了。

「不好意思，那就麻煩妳看家囉。如果有適合配藥的植物，我會幫妳帶回來。」

「好的……請各位務必小心。」

於是我們為了尋找兩個女兒，進入樹海之中。

話雖如此，但畢竟是庭園，以這麼多人稍微尋找一下，應該很快就找到她們了吧。

——我居然也曾經這麼想過。

十分鐘後，我獨自寂寞地走在陰暗的森林中。

其他的搜索成員們都不在身邊。

這並非走散，而是為了擴大搜索範圍而往不同方向散開。可是話說回來，竟然連其他成員的聲音都逐漸聽不見……

「魔族真是什麼尺寸都大得離譜呢……究竟是什麼樣的庭園啊……」

我一邊鑽過樹根形成的類似巨大拱門下方，同時嘀咕。

叢林應該就是形容這種空間吧。

由於根本沒有路可言，我穿梭在群樹之間前進，結果一下子就失去了方向感。帶刺的樹木也很多，所以十分麻煩。

不幸中的大幸是，目前尚未發現會襲擊人類的植物。

如果只是迷路的話，總會順利找回兩人吧。

「法露法～！夏露夏～！在的話就回答我～」

沒反應。

而且，連陽光都開始變暗。因為魔族土地的日照時間較短。

「嗚嗚……連我都開始忐忑不安了……」

——這時候，有東西從樹叢跑出來！

可能是野豬的近親。棲息在魔族土地的原生種吧。

「噗咿～噗咿～！」

我擺出架式以防牠攻擊過來，結果牠反而看著我，似乎嚇了一大跳，隨即逃進森林中，還發出隆隆的沉重聲響。

「原來還有動物棲息啊。可能已經形成了生態系。哎呀，話說真是嚇了一跳呢……」

——結果，這次換某種東西貼著地面以猛烈氣勢朝我前進！

「咦!?怎麼了，怎麼了!?」

我再度提高警覺。在這種空間中，謎題太多了無法保持冷靜。

只見草正在移動。

是利用地底下的根部活動嗎？活動的時候，土壤也跟著被翻到地表。

終於遭遇了會攻擊人類的植物嗎？

然後，移動的草在我不遠處，突然一躍而起。

怎麼回事？難道根部還有什麼捕食用的嘴嗎？

從結論而言，的確有嘴。

這株草根怎麼看都像是人類的小女孩。

頂多五、六歲左右，比法露法她們更小。身上甚至穿著衣服。雖然可能因為待在土壤中，顯得有些髒汙。

「哎呀～氣球野豬突然衝了過來，嚇我一大跳呢～牠有時候會踩到我，所以很傷腦筋呢～」

原本以為是草的部位，似乎是頭髮。這種形容方式好像不太對。草看起來像頭髮或許比較接近。

「請問，妳是什麼人？」

我試著提出單純的疑問。

聽到這句話的對方轉頭望向我。

同時眼睛眨了眨。

時間停止了一會兒。

「…………呀、呀啊～！人類，是人類！」

「好像還被我大大嚇了一跳！」

不如說，我才想大吃一驚呢！

「而、而且……從外表來看，是魔女。怎麼辦……這樣下去會沒命的！」

「真沒禮貌！我又不是什麼刺客！」

雖然等級高到不自然，但我可是擁有愛好和平的溫柔心腸。

「會被搗碎磨成粉！該怎麼辦！」

「妳到底以為魔女有多野蠻啊!?」

哪有這麼殘酷的！別當我是怪物！

「總之，得先逃才行……原以為躲在這裡不只人類，連魔族都不會來呢！」

那名神祕少女（？）再度鑽入地面後，隨即『嘶嘶嘶嘶～』開始在土壤中移動。

本來想追上去，但她不斷往樹根擋路的地方俐落地前進，因此我一下子就追丟了她。

「她究竟是誰啊……不過，尋找法露法與夏露夏才是優先問題。先忘記她的事情吧……」

就這樣，我繼續搜索兩人。

然後，大約過了十五分鐘。

「各位，吾人發現她們了！」

化為龍的萊卡在高空啪噠啪噠地振翅飛翔，高聲喊叫。以龍族的尺寸，不管森林再怎麼深邃，都能清楚辨識。

順利找到在萊卡下方的兩個女兒。

我也縱身在樹幹上輕巧地跳躍（由於狀態夠強，足以達成這種動作遊戲般的技巧），從樹梢跳到萊卡的上頭。

淚眼汪汪的法露法與夏露夏，就像無尾熊一樣緊緊摟住我。

© Benio

「只是稍微深入一點，就分不出哪一條才是原本的道路……明明想掉頭卻回不去……」

「感覺好像迷路了好幾個小時……是無法以言語形容的可怕體驗……」

我一臉苦笑。不論活了多少年，兩人果然依舊還是小孩。

「看，不可以單獨行動喔。尤其在魔族土地上，不知道會有什麼東西呢。」

「對不起，媽媽……」

「媽媽，抱歉……」

「知道就好，知道就好。」

這件事情就此告一段落。

即使在日本，到鄉下也有「面前的山大約有一半是自己的土地。但是，幾乎沒有進去一探究竟過」這種人，或許有點類似吧。

持有一片土地，與瞭若指掌是完全不同的。兩人多半也以為是別西卜的庭園而大意吧。

當天在別西卜的豪宅過了一晚，好好休息。

雖然夏露夏表示換了枕頭可能會睡不著，不過照樣睡得很安穩。

決定尋找曼德拉草

She continued destroy slime for 300 years

幾天後，我與哈爾卡拉一同前往洞窟魔女艾諾的店。

由於『曼德拉草錠』正好沒有了，才前去添購新的。

附帶一提，並非在洞窟中。目前艾諾在鎮上也開了店。

雖然搭乘芙拉托緹前往，但她對藥品似乎沒興趣，因此在外頭等候。

我個人感覺是來找認識的同行聊天，哈爾卡拉卻抱著偵察敵情的態度，特別認真地盯著商品。

「啊，這個瓶子用起來好像很順手。像這樣小瓶裝可能很適合獨居者……」

「等等，那邊的！請不要剽竊我們的商品！若是行徑惡劣，我們會向王國提起停止販售的訴訟喔！」

這個世界既沒有著作權，也很懷疑有沒有專利這種概念，但是商人可以在法院宣稱「那個商人的商品違反規定」等說詞。

「我才沒有剽竊，只是參考而已。觀察其他企業的商品，得到靈感是很正常的事情。」

「這樣還說沒有惡意！情節嚴重的話，我會打官司讓整間哈爾卡拉製藥無法經營喔！」

哈爾卡拉與艾諾是商業對手，兩人關係十分險惡。

職業愈是接近的人，彼此難免關係越差。

我沒打算做生意，所以維持中立。

「拜託前輩也好好教訓徒弟，叫她不可以耍詐喔。」

結果我被艾諾叮囑。

「好啦好啦。其實妳不用擔心，哈爾卡拉不會做出這麼貪得無厭的——」

「這種藥品只要得知成分，不就能在我們工廠廉價大量生產類似產品，造成打擊嗎？」

啊，企業之間的對決，該不會經常拚得你死我活吧……

「哈爾卡拉，拜託適可而止啊……別害得哪一邊倒閉喔……」

「放心吧。就算害她倒閉，哈爾卡拉製藥也會雇用她的！」

「就說別害她倒閉了啦。」

一旦她們無情無義地火併，立場中立的我就十分尷尬。

「少來了，一旦妳明白靠廉價大量生產行不通的話，我隨時可以收妳為徒。我即使增加雇員，也不曾忘記一一注入愛情手工製作的精神。洞窟魔女的藥品成分有九成是體貼！」

「難道藥用成分只有一成嗎？」

深入追究可就麻煩了，在此就積極解釋成兩個同業者在相互較勁吧。

「那麼艾諾，我想買一瓶『曼德拉草錠』。」

「啊，前輩，不用錢沒關係。因為前輩是我的恩人！」

最近，艾諾稱呼我為前輩。雖然其實也沒錯。

「稍等一下喔。我這裡有特別好的。」

然後艾諾拿出來的，是看起來比一般『曼德拉草錠』更高級的瓶子。

標籤上也寫著『熟成曼德拉草錠』。

「普通的『曼德拉草錠』是使用三年的曼德拉草，但這一瓶可是使用十年的曼德拉草。是一整年也只能少量生產的珍貴品呢。」

表情得意的艾諾開始說明。

「這麼珍貴的商品有點過意不去……況且我的家人基本上都身體強健……」

「前輩別這麼說，收下吧！這是我的心意！務必！變得更健康吧！」

既然她都這麼說，那只好收下囉。

「謝謝妳，艾諾。」

「不會不會，我也想變得和前輩一樣優秀。總有一天，我會發現最高品質的三百年曼德拉草，調配出不輸給任何人的藥！」

「三百年……原來還有這種東西啊……」

曼德拉草也十分深奧呢。

應該說，我雖然是魔女，卻對曼德拉草沒什麼興趣。可能也因為高原沒有生長。

「妳說的三百年曼德拉草，有這麼不得了嗎？」

「嗯，當然。看，傳說中不是拔起曼德拉草會發出聲音，聽到聲音會沒命嗎？」

「噢，這我倒是知道。」

我上輩子居住過的地球也有這種故事。據說曼德拉草的根部類似人類，才會形成這種說法。

「該不會經過長達三百年後，曼德拉草會發出聲音嗎？」

若是在奇幻世界，這種事情就有可能呢。

「不，已經不是什麼聲音這種層次喔。會流利地說人話呢。不只是這樣，聽說還會到處亂跑。」

從艾諾的模樣來看，似乎是主流說法。

「以說話的曼德拉草調配藥物——這才是身為魔女都夢想過一次的事情！我畢竟也是魔女，當然總有一天想獲得！」

艾諾右手使勁握緊。

「原來如此，是這樣的啊。」

「不如說，前輩明明是魔女，卻不執著於曼德拉草呢。」

我被艾諾露出不可思議的表情注視。

「因為我的目的是悠哉地生活啊。窮究魔女之道又不是目標。」

如果我想以魔女的身分獲得卓越成就，才不會悠閒地狩獵史萊姆長達三百年。

「可是，會說話的曼德拉草究竟在哪裡呢？樹齡三百年的樹木倒是完全可能，三百歲的曼德拉草本身應該存在吧。」

「如果知道在哪裡的話，就不用辛苦了。畢竟這種曼德拉草會移動，所以會被她逃跑。平常多半待在地底，光是鎖定棲息場所就超級困難了。」

這也難怪。說起來，就像隨時使用土遁之術的忍者吧。

畢竟這個世界又沒有監視器，能找到才是奇蹟呢。

「移動軌跡十分特別，似乎像田壟一樣拱起來喔。」

「嗯，居然還有這種植物啊——————哎呀？」

我的視線忽然望向天花板。

這並非注意到天花板，而是我回想時的習慣。

「總覺得，最近好像看過這種東西……」

「您說什麼⁉」
艾諾立刻緊緊握住我的手，用力晃了晃。
「在哪裡呢！前輩是在哪裡看見的？請告訴我好嗎！」
「等等，等一下！可能是我弄錯也不一定，拜託別抱太大的期望！」
如果讓她大失所望會感到過意不去，因此我事先打預防針。
「這個呢……原以為草怎麼會在地面朝自己移動，結果在我面前蹦出呈現人類身影的植物……然後呢……還開口說話……」
「怎麼想肯定就是了嘛！活了三百年，具備與人類同等智慧的曼德拉草！」
「記得她看到我，說碰到魔女最糟糕了，然後溜之大吉……」
「沒錯，百分之一百二十，中了大獎喔！因為這個世界不存在與曼德拉草無關，生長在地底，見到魔女會害怕的有智慧生物！」
我可不希望有許多種這種狹隘設定的事物。
「所以說，究竟在哪裡呢？地點才是最重要的！」
艾諾的眼神好可怕，點亮著熱情的紅色火炎。
該怎麼說呢，感受到一股「壓迫」……
「妳太逼近師傅大人了啦！就算是認識的對象也該有禮貌吧！」
哈爾卡拉可能認為我身陷危機，試圖介入我們之間——

「這可是比禮貌更重要的事情——！」

「呃，這個……好……」

輸給艾諾的氣魄，哈爾卡拉縮了回去。拜託，不要因為這種理由退縮好嗎？

「我想想，地點是在哪裡……啊，那裡嗎？」

「在哪裡⁉到底在哪裡⁉」

連我也被她的氣勢壓了下去。

「是魔族別西卜的庭園……與其說庭園，其實就像森林一樣。不如說，由於閒置了幾百年，變成了純粹的天然森林……」

「哦哦！原來是這樣！我知道了！感謝前輩提供情報！」

她終於放開了我的手。

我獲得了解放……

雖然我心想這種東西值得如此激動嗎，但艾諾卻開始將行李之類的物品塞進布袋裡。

「妳在做什麼……？」

「今天之內出發！在回來之前，店裡先交給其他負責人看管！」

「呃，魔族的土地非常遙遠喔？」

「我與運輸貨物用的飛龍簽過約，就搭乘牠吧。總之必須分秒必爭前往。放心吧！」

由於她實在太手忙腳亂，我與哈爾卡拉離開店面。然後叫醒可能因為我們晚歸，進入咖啡廳午睡的芙拉托緹後，返回家中。

「活的曼德拉草，值得讓人這麼開心嗎？」

騎在芙拉托緹身上，我同時詢問哈爾卡拉。

「由於我是精靈，有些敬而遠之，但應該有不少魔女千方百計想弄到手吧。」

「為何精靈會敬而遠之？」

「因為奪取棲息在森林中的智慧生命體性命，在精靈眼中是禁忌。即使原本是植物，但是沒辦法將會說話的曼德拉草當成藥品材料喔～」

「啊…………」

剛才震懾於艾諾的氣勢，不小心脫口而出，但該不會很糟糕吧……

事到如今，我才發覺事情的嚴重性。

「我說啊，當成藥品材料的意思，應該不只稍微借用一下曼德拉草的葉片部分，這麼簡單而已吧……？」

「這要看魔女的判斷，但應該也有人會試圖磨碎全身吧？」

這可不行。

從艾諾散發的氣氛判斷，她可能會想使用全身……

© Benio

最壞的情況是，我可能會變成殺人案件的幫凶……

還有，如果非法入侵別西卜家，艾諾能不能全身而退也成謎。

如果是有常識的人，一聽到在別西卜這個人的住家庭園，就該認為沒希望而放棄。

即使不放棄也該依照順序，先獲得調查庭園的許可後再採取行動吧。

可是從艾諾的模樣來看，她多半準備未經別西卜同意就在庭園探險。

曼德拉草也有危險。

打算胡來的艾諾也有危險。

我得阻止她才行！

「芙拉托緹，變更目的地……飛到別西卜的家……魔族土地去……」

「我知道了，主人！」

我們急忙趕往別西卜那邊。

可是，略微降低了速度。

「主人，提升速度的話，哈爾卡拉可能會摔下去，因此最好以繩索固定。」

「沒錯……這些事情還是小心謹慎比較好……」

愈是趕時間的時候，就更要小心安全駕駛。

◇

然後我們十萬火急，前往別西卜的豪宅。

由於深夜才抵達，別西卜也早已下班回到家。

「妳們又突然跑來了啊。既然要來，希望妳帶法露法與夏露夏一起來哪。」

「妳的庭園可能會變得有些麻煩喔！」

「啊……？小女子聽不懂妳的意思……」

我盡可能簡潔地說明原委。

結果，遭到她的白眼。

「如果妳沒說小女子的庭園裡有這種曼德拉草，不就什麼事都沒有了嗎……」

「是、是沒錯……可是被她咄咄逼人地質問……結果輸給了她的氣勢……」

雖然變成在找藉口，但是被那種感覺質問，難免忍不住開口。

「算了，木已成舟沒辦法哪。總之，就算在宅地內發現奇怪的魔女，小女子也不會對她不利，例如大卸八塊之類。」

「感謝妳手下留情。」

如此艾諾就不至於有生命危險了。雖然森林本身似乎也有危險。

「可能的話，希望事先保護那棵曼德拉草。這才是最安全的。」

精靈哈爾卡拉這一次也參與作戰。芙拉托緹則一臉茫然坐著。

「可是啊……小女子也是頭一次聽說，庭園裡棲息這種生物哪。畢竟連小女子都不知道庭園的全貌……」

別西卜從窗戶望向庭園。不過天色已經昏暗，看不太清楚。

「對啊……畢竟不知道曼德拉草的所在位置，就算說要保護她，卻連碰見都很困難呢……」

即使號稱庭園，卻寬廣的不得了。難易度堪比在山中採集夢幻蘑菇之類。不如說，要尋找一名曼德拉草，難度可能更高。

「來找的只有名叫艾諾的魔女一人吧？那麼，找到那個叫艾諾的，告訴她禁止進入比較快哪。只要小女子警告，她肯定會嚇得遵守。畢竟這可是魔族的農業大臣說的話哪。」

別西卜雖然一臉得意的表情，但失去控制的艾諾會乖乖聽話嗎？

多半會偷偷繼續搜索行動吧……

「附帶一提，這座豪宅有布下結界之類的東西嗎？」

「豪宅周圍有設置，但庭園十分寬廣，況且也閒置哪。」

我雖然也會結界魔法，但範圍這麼大就沒辦法了。村子或城鎮的入口是固定的，可以針對該處重點防守，但森林可以從任何地方進入。

「總之，小女子明白原委了。反正只是一個魔女丫頭，看小女子輕鬆搞定她。」
相較於擔心的我，別西卜大方地表示。
對於別西卜而言，人類魔女根本不足為懼吧。我可能是超級罕見的例外。
「那個叫艾諾的會騎飛龍來嗎？那麼，可能還得再花一點時間哪。」
「可以讓我在這裡監視幾天嗎？」
「好啦好啦。隨便想住哪間房間都行。」

之後，長達四天，沒有任何動靜。
艾諾似乎也沒來到別西卜的庭園。
「什麼嘛，這不是很和平嗎？看來是杞人憂天哪。太好了，太好了。」
別西卜很正常地出門上班，期間由我們負責監視，但並未發生什麼異狀。這麼一來，就變成單純在貴族家中遊手好閒了。
雖然艾諾表現很有幹勁，但可能是在哪裡洩了氣，或是害怕進入魔族農業大臣的庭園吧。
「這就叫做自尋煩惱哪。確認沒事的話就可以回去了。明天小女子也放假，要不要去哪裡觀光？」
「反正危機管理以撲空結束的話，就是最好的結果。」

——可是，隔天早上。

卻發生了不得了的事情。

好幾十名魔女，居然聚集在在別西卜的庭園前方！

有人像我一樣戴著黑帽子，也有人手持掃帚，五花八門。不過大致上看得出來，都是同行。

「這、這是怎麼回事啊——！」

也難怪別西卜會大喊。因為這裡是別西卜家的宅地……可不是附近的公園耶……

這時，艾諾從一眾魔女中走出來。

「您是別西卜小姐嗎？抱歉這一次我們不請自來。打聽到這座庭園有最高級曼拉草的情報，才火速趕來，不惜犯罪也要找到！」

即使口氣彬彬有禮，但她已經宣布要犯罪了！

「不行，回去，回去！更何況，為什麼跑來了這麼多人？」

「為了確實找到曼德拉草，我聯絡各地的魔女，召集大家。條件是一旦發現，就大家平分！」

其他魔女們也點點頭表示同意。

而且，所有人的表情都像艾諾一樣充滿幹勁。

「這對魔女而言可是宿願！」「之後會支付慰問費之類的！」「即使拚命也要挑

戰！」「會活動的曼德拉草果然實際存在！這是搜索了一百年之內的最珍貴情報！」

有這麼誇張喔！

慘了，原來曼德拉草對魔女而言，居然有這麼了不起。

「從現在絕對要靠魔女聯盟捕捉到曼德拉草！那麼，開始作戰！」

包含艾諾在內的魔女們接二連三進入森林。

「艾諾！快住手！這是前輩的命令！」

被我喊住的艾諾停下腳步，回過頭來。

難道她願意聽我的話嗎？

「前輩……對不起！這是為了調配世界最頂尖的藥品！」

結果她不肯聽！

連艾諾也衝進森林去。

「喂～！妳們幾個，別鬧了喔！乾脆連整座庭園都燒光喔！」

「別這樣！千萬別這樣！這會害曼德拉草也一起燒死的！」

不如說，換我阻止別西卜了。

「既然這樣，方法有兩種。看是找到魔女就揍一頓抓住所有人，或是咱們搶先一步，抓住曼德拉草。」

前者可能中途會鬧出人命吧……

「拜託以後者處理。」

不得已之下，我們也進入別西卜的庭園。

另外，我與哈爾卡拉共同行動。畢竟庭園生長有害植物，足以讓哈爾卡拉遭遇危險也不足為奇。

至於別西卜與芙拉托緹，也個別展開搜索。

這次讓哈爾卡拉跟來，是為了借用精靈的知識。

「哈爾卡拉，曼德拉草有特徵嗎？例如生長在哪裡之類。」

「雖然不是沒有，可是那株曼德拉草顯然會移動呢。這麼一來，就完全無法判斷她在哪裡了。」

這麼說也對。畢竟是具備意識的對象……

沒有什麼明顯特徵，像是只生長在潮溼地帶之類。

「附帶一提，師傅大人。」

「什麼事，哈爾卡拉？」

「好像有藤蔓之類的東西纏住了我的身體，這是遭到襲擊了嗎？」

「哈爾卡拉，妳馬上就受到神祕植物攻擊了耶！」

她遭到了伸出觸手般藤蔓的植物攻擊。這種藤蔓雖然由我扯斷，但還真是大意不

© Benio

得……

「哎呀，魔族土地的植物真是可怕呢～啊，那邊的蘑菇會噴出劇毒孢子喔～最好繞路前進吧～」

「哈爾卡拉，妳該不會被整座森林集中攻擊了吧……!?」

真是奇怪。我之前進入庭園的時候，明明更加和平耶。

這就是哈爾卡拉的體質。

這已經不是本人不注意這麼簡單，而是危險主動找上哈爾卡拉。

雖然心想她究竟頭頂上有什麼災星，但就是這樣，也無可奈何。

「不好意思，好像因為是精靈而特別受到植物喜愛。啊，那是會捕食小型動物，加以溶化的植物呢。像這樣伸出手的話——」

「不用嘗試沒關係！不用嘗試沒關係！」

「啊哇哇哇！衣服差一點就讓溶解液溶掉了呢！」

「真的差一點就要上演色色的劇情了！」

再這樣下去，可能光是保護哈爾卡拉就忙不過來了……難道帶哈爾卡拉來是錯的嗎？

不過，哈爾卡拉本身倒是小心謹慎，視線盯著地面。

「最少可以確定，曼德拉草沒有來到這附近的跡象。從青苔的生長方式來看，絲毫沒有人進入過這裡。」

「謝謝妳！我就是想聽到這種情報！」

「還有這棵大樹，根部非常粗呢。要在這種大樹附近的地底下前進也很困難。因為會撞到樹根。」

啊，原來如此。其他植物根部阻塞通行的地方，曼德拉草也會寸步難行嗎？

「這種樹到處都有，只要刪去它的生長範圍，或許就能限縮地點了。雖然曼德拉草可以利用根部在地面步行，但這樣會非常顯眼，因此也會避免活動吧。」

「今天的哈爾卡拉真是靈光！好聰明喔！」

「畢竟這也是本職啊。如果不能在這裡活躍，在哪裡才能大顯身手呢——啊，藤蔓又纏住我了。」

我一邊心想，真虧哈爾卡拉能活到現在，同時扯斷藤蔓。

於是，我與哈爾卡拉縮小搜索範圍。

可是，敵人採用人海戰術。每個魔女都劃分負責區域詳細調查。

中途，我們還遇見敵方魔女好幾次。

「哦……妳是高原魔女吧……妳好，我是樹梢魔女。」

「啊，妳好……我是高原魔女。」

「啊，妳是高原魔女嗎！妳好，我是槲寄生魔女。」

「噢，嗯，妳好，我是高原魔女……」

雖然有遇見，不過並未大打出手。

魔女算是一種知識分子嗎，應對十分溫和。整體而言很有禮貌。

另外，有些魔女像哈爾卡拉一樣三番兩次被困住而無法行動。我只保證她們的安全，但對她們置之不理。因為想減少敵人的數量。

寬廣庭園的搜索範圍也逐漸縮小。

——然後，我終於與艾諾面對面。

「前輩也認為這附近很可疑嗎。」

艾諾仔細地盯著腳邊。

「艾諾，會動的曼德拉草，幾乎已經接近人類了。所以我要阻止妳做出危害那株曼德拉草的行為。」

「前輩，三百年的曼德拉草是純粹的植物。而且是魔女的憧憬！」

唔唔唔……彼此認知有差異。

的確，要說植物確實是植物。可是這不能以文化差異解決。對我而言，曾經遭遇的她可是人類。

「三百年的曼德拉草，葉片非常朝氣蓬勃地閃閃發光，一看就知道是高貴的植物。我身為魔女一定要找出來！」

「不好意思，不會讓妳得逞的！」

我們互相目不轉睛盯著腳邊。

既然這樣，我就要比艾諾搶先找到曼德拉草。

只要我先取得，就能暫時先主張所有權了！

看來其他魔女也認為這附近很可疑，四周的人口密度逐漸提高。

連芙拉托緹也跑來了。

「看到這裡人多，我心想可能有什麼事，才會跑來的。」

啊，看熱鬧的想法嗎……

可是如此一來，對方人數比我們多，是我們不利……

「可惡……再這樣下去……」

「啊，師傅大人，那株曼德拉草完全就是人類吧？會說人話，甚至見到師傅大人後會判斷是魔女而逃之夭夭吧？」

一起搜索中的哈爾卡拉如此詢問。

「嗯，對啊。那樣不論怎麼想，都算是人類少女。」

「那麼，或許可以使用逆轉的想法。」

哈爾卡拉似乎有想法。

下一瞬間，哈爾卡拉深深吸了一口氣——

「曼德拉草小姐！妳有危險了喔～！是生命危險喔～！」

大聲呼喊！

「想要得救的話，唯一方法就是受到蒞臨此地的高原魔女亞梓莎大人保護喔～！來，飛撲向亞梓莎大人的胸口吧！」

哈爾卡拉的聲音在森林中迴盪。

下一瞬間，見到視野中的地面逐漸隆起！

葉片從地面冒出。與之前我見到的光景一樣。

「找到了！」「快抓住她！」「好快！」「拜託！要撞到了！」

魔女們試圖抓住曼德拉草，但可能快得出乎意料，完全無法阻止她。反倒是魔女彼此頭碰到頭，窘態畢露。

期間地面隆起的軌跡依然不斷延伸——

來到我的面前後，突然一躍而起！

肯定沒錯！就是那株曼德拉草！

「救、救命啊！」

那孩子緊緊摟住了我！

有一股以植物而言還算溫暖，類似體溫的感覺。

其實這些都不重要。

重要的是，這孩子向我求救。僅止於此。

接下來，我究竟該做什麼。答案不言而喻。

我環顧在場的魔女們。

「這孩子由我保護！有意見的人就儘管來吧！不過，盡可能別來最好！」

我大聲喝斥。雖然後半句的嚇阻力不足，但我是和平主義者，沒辦法。

時間彷彿被這一吼而停下來般，現場鴉雀無聲。

似乎沒有魔女會突然襲擊而來，太好了。

「前輩，這樣好嗎……？那可是貨真價實的三百年曼德拉草喔……？身為魔女可以極盡奢華榮耀喔？」

艾諾詢問我加以確認。

唔唔……這個世界的魔女還以為這孩子是植物嗎……

「等一下喔，抱歉，不用擔心。」

我預先告知曼德拉草女孩，然後將她轉向面對艾諾。

「呀！別將我交出去！救救我嘛！」

曼德拉草的腳不停掙扎。

「放心，放心吧！我不會將妳交出去的！」

這女孩整體而言，相當頑皮呢……

「艾諾，我反問妳，妳能忍心將這麼可愛的孩子磨碎調配成藥品嗎？」

曼德拉草淚眼汪汪，發出嗚嗚的啜泣聲……望向艾諾。

「唔！被這麼一問就產生了罪惡感……當初我的確想像成更像怪物的外型，但是她好可愛……」

好，還有溝通的餘地。

「就是這樣。既然這孩子已經向我求救，我就只能保護她了吧。如果對她見死不救，就是身為人的最壞榜樣吧？」

其他魔女中也有幾人點頭，代表她們同意我的看法。

「居然這麼可愛。」「嗯，好可愛。」「實際上好可愛。」「這麼可愛，好想帶回家……好想養她……」「想讓她穿裸體圍裙……」

有些人的性癖好很不妙喔！果然得保護她才行！

對面的代表人艾諾似乎也死心地嘆了一口氣。

「不論前輩的想法是什麼，總之先搶到曼德拉草的是前輩。這一次是我們輸了。我們沒有權利毫無理由搶走其他魔女獲得的事物。」

「那麼，這件事情就可以告一段落了嗎？」

「等、等一下！」

被我抱在懷裡的曼德拉草女孩說。

然後，這女孩拔了幾根自己的頭髮，不，是幾片從頭頂長出，感覺像是頭髮的葉子。

「根部是身體所以不行，不過葉片可以分給各位魔女。反正葉子很快就會再度長出來……」

並將葉片遞給艾諾。

「啊，可以收下嗎……？」

艾諾緩緩接近曼德拉草女孩。

「取而代之，要答應不可以再攻擊我喔！」

「知道了。我發誓！我洞窟魔女艾諾，絕對不會再攻擊妳！」

如此宣告後，艾諾從女孩手中接過葉片。

「嘩……這就是傳說中的曼德拉草葉片……」

其他魔女也露出興趣十足的模樣，從旁盯著艾諾手中的葉片瞧。之後艾諾這邊的魔女要平分吧，這些問題由她們自己決定就好。

「呼，這次真的告一段落了吧——」

「等一下。」

一臉不爽的別西卜走上前。

手中握著某些東西，像是捲成圓筒的紙張。

別西卜走到艾諾面前，將紙張交給她。

「呃……這是什麼呢……？」

「是小女子庭園參觀費的相關帳單。以人類貨幣計算，一人收十萬戈爾德。有多少人就收多少。另外，沒有團體折扣。」

艾諾滿有錢，支付這些應該很輕鬆，但有幾名魔女表示：「啊，這個月要吃土了……」「我有點快感冒了，乾脆早點開溜吧……」

「知道沒？如果不確實支付的話，小女子還要收其他的手續費哪？」

畢竟這一次，最困擾的是庭園跑來一堆不速之客的別西卜呢。這算是實質的慰問費吧。

「我、我知道了……我會負起責任支付的……」

「嗯。一個個收錢太麻煩了，所以由領導者的妳繳納所有人的份。」

艾諾也不想再反抗魔族大臣，畢竟曼德拉草問題已經落幕了。

「那麼今天到此為止啦！三分鐘以內統統離開宅地！過了時間還賴著不走的話，可要收延長費哪！」

聽到別西卜的聲音，魔女們頓時準備鳥獸散——結果，出現了多餘的東西。

魔女們的面前真的出現了蜘蛛。

而且就像別西卜之前說過，尺寸足足有敞開雙臂這麼大。

「呀啊啊！」「嗚哇啊啊啊！」「咿呀啊啊啊！」

只見魔女們發出尖叫，逃之夭夭。

「什麼啊，不就是普通的大蜘蛛嗎？又不會攻擊人。」

「呃，就算別西卜妳習慣，但這可是在夢裡出現的等級了！」

這隻蜘蛛似乎對魔女們不感興趣，進入了森林中。好像真的無害。

危機離去。

我跟著放開曼德拉草女孩，剛才還一直抓著她。

「好，這樣就可以暫時放心了。由於可能還會有零星魔女試圖抓住妳，所以要小心一點喔。」

話雖如此，在我這樣表示之前，這孩子又再度緊緊摟住我。

「我好害怕，將我藏起來吧……妳之前不是說過，會救我嗎？不會食言吧？」

沒錯。可不能抓了再放生呢。

「嗯，我們先進別西卜的豪宅內吧。況且也想聽聽妳的故事。」

「已經好久沒有進入建築物了呢。」

畢竟是植物啊。

於是我們所有人回到豪宅。

鬆口氣之後，才發現出乎意料地疲勞……

另外，移動過程中由我背著曼德拉草女孩。

「不論在地底移動，或是步行移動都很累。所以希望盡量避免。」

這也難怪，畢竟植物幾乎不會移動嘛。

◇

「哎呀，這次哈爾卡拉真是表現優異呢。」

回到豪宅後，我首先稱讚哈爾卡拉。

大家坐在會客室。由於這棟豪宅沒有家務助理，因此別西卜前去準備茶水。

「如果當時沒有讓這孩子主動來找我，可能就會被艾諾她們那些魔女抓住。如此一來，事情就會變得更加麻煩。」

「呵呵呵，我也很聰明呢，頭腦很好的喔。」

「啊，太老王賣瓜的話，又會露出傻女孩的一面，所以適可而止吧。」

基本上哈爾卡拉都是過於得意忘形才導致失敗。

「總之，植物的問題交給精靈就對了。畢竟我就是靠這些知識與好運活到現在的。」

好運嗎……搞不懂哈爾卡拉究竟是好運，還是帶衰……總覺得她的壞運氣很強。否則她應該早就沒命了……

只不過，曼德拉草女孩始終對哈爾卡拉提高警覺。

附帶一提，她一直跟在我身邊。

與喜歡我不太一樣，感覺像是待在這裡最安全。

「我討厭精靈……精靈經常會摘取植物。也會拔曼德拉草。」

噢，會利用植物的種族，在植物眼中等於捕食者嗎？

「就算妳這麼說，可是不食用植物或動物就無法活下去耶。我很善良喔，不會攻擊妳的。」

「光是精靈的身分就很可怕了。不要靠近我喔！嗚～吼～！」

她在威嚇呢……這應該就是本能地無法接受吧。
這時候別西卜正好端茶回來，因此全員到齊。
「所以說，曼德拉草啊，妳叫什麼名字？」
芙拉托緹開口詢問。話說回來，之前一直不知道呢。
「名叫曼德拉草啊。」
「妳是笨蛋吧。那是種族名稱，我在問妳自己的名字。」
「才沒有那種東西呢。因為根本不需要啊。其他植物又不會說話，當然也不會自我介紹囉。」
原來如此……對於這孩子而言，沒有專有名詞這種概念呢。
「嗯～可是，沒有名字好難稱呼耶。好，我芙拉托緹幫妳取名吧。取自曼德拉草，叫做德拉戈吧！」
「取這種容易與龍族（Dragon）弄混的名字，不是很難叫嗎？妳是傻瓜啊。」
「什、什麼！所有藍龍可都是這樣的喔！」
這句話好像在承認，藍龍本身就是傻瓜耶……
可是，取名後比較容易開口是事實。該取什麼樣的名字呢……
「那麼，就由妳來取名吧，妳叫高原魔女亞梓莎吧？」
這女孩坐在我的腿上表示。雖然個子嬌小並不重，距離感卻好近。

「嗯。第一個發現的人取名，這樣很合乎常理哪。」

別西卜信口胡謅。

不如說這一次的情況是我被植物發現喔。

「要我命名？這可是重責大任呢……」

外表是女孩子，要取個可愛的名字，可愛的名字……看我盡自己最大的努力！

「吉娜這個名字如何？」

她露出不高興的表情。居然要我重來耶！

「可、可羅奈之類……」

結果她再度一臉不悅。怎麼這麼難搞啊！完全不知道她的喜好！

「奔跑大曼德拉草這個名字如何？」

哈爾卡拉試著提出方向性肯定有問題的名字，果不其然她露出「吼～！精靈妳閉嘴！」的態度威嚇。

「那、那麼……妳有喜歡的事物嗎？試著加入名字中吧。」

「泥土、沙子、水與陽光。」

這回答好植物喔！

有泥土的可愛名字又很傷腦筋！土井小姐之類……？不對，那是姓氏。而且當作這個世界的名字很奇怪。

記得泥土的英文是soil吧。聽起來不怎麼可愛呢。沙子是sand嗎……sand、sand……

「好，桑朵菈！妳的名字就叫桑朵菈！」

「桑朵菈……嗯，不錯呢。」

很好，就此決定！決定得還滿快的，老實說我鬆了口氣！

「主人，這個名字的話，聽起來有點像砂龍，有點容易混淆喔。」

咦，原來還有這種種族啊……？龍族真是各式各樣呢。

「我喜歡就好了！退下！吼～！」

桑朵菈也對芙拉托緹表示敵意。她還帶有野性呢……

至於名字她似乎很滿意，這就是最好的。

——既然名字已經確定，話題終於回到桑朵菈身上。

「活久了，不知不覺中就變成這種外型。」

似乎連桑朵菈都不記得自己變成這副模樣的起點了。

「然後，得知有人在尋找像我這樣的曼德拉草，才以這種人煙罕至的地方為目標到處移動。語言是生長在接近人類住處的時候，聽著聽著學會的。由於人類穿著衣服，所以穿衣服也是有樣學樣。」

她似乎是一邊移動，同時不斷累積知識。

「然後呢，這片森林沒有人煙，我覺得很安全，才會一直住在這裡。結果遇見身為魔女的妳，嚇了一大跳……直到現在。」

身世問題僅止於此。由於她的好奇心並不旺盛，因此似乎在化為蓊鬱樹海的別西卜庭園內生長了很長時間。

「曼德拉草嗎？魔族戶籍上應該沒有登記這種種族哪。這可是罕見例子中的罕見例子。」

連可能有任何種族居住的魔族也沒有啊。

不過，這也難怪。如果由魔族承認為人類，魔女就無法大剌剌跑來採收了。

「嗯。所以，桑朵菈啊。接下來妳打算怎麼辦？」

別西卜直截了當觸及核心議題。

「接下來打算怎麼辦，是什麼意思啊……」

「妳是植物吧。既然妳之前一直生長在庭園裡，代表今後可以繼續棲息在庭園，但妳要待下去嗎？小女子不會對庭園的植物宣稱非法入侵住家，所以妳可以留在這裡，妳意下如何？」

桑朵菈略為低下頭去，沉默不語。

看來她似乎在煩惱。

至少可以知道，她並非強烈想居住在這片庭園內。

「雖然，我長期棲息在這裡……但是陽光不太強……其實並不太輕鬆……營養效率也很差……」

桑朵菈模糊不清地小聲表示。

「所以……曾想過搬到其他地方去也不錯……可是再被魔女抓住就慘了……心想要是有安全的地方該有多好……」

別西卜瞄了我一眼。

然後，連哈爾卡拉都望向我。

噢，好啦好啦，知道了，知道意思了。

芙拉托緹則表示「究竟是怎樣？」代表她似乎完全不明白。這很芙拉托緹。

「桑朵菈，要來我居住的高原嗎？我家還有菜園，可以生長在那裡。房間也有空的，要住在房間裡也行。」

一瞬間，桑朵菈眼神閃爍。

不過，她隨即露出狐疑的表情。

「真、真的嗎？那裡真的是適合生長的環境嗎……？」

「雖然不確定環境是否符合曼德拉草，但如果土壤不合，不是還可以再移動到其他地方？僅僅嘗試應該無傷大雅吧？應該能沐浴到許多陽光。」

「既然妳這麼說，那、那麼……就試試看吧……帶、帶我去吧。」

就此說定。

仔細想想，如果這孩子沒有遇見我，就能一直靜靜棲息在別西卜的庭園裡，所以由我照顧她很合理。

況且我還是她的命名者。

如果她被壞心魔女抓住當成藥品的材料，我會寢食難安。

只要生長在我的庭園，魔女也不敢隨便跑來採收吧。在庭園範圍之下結界的話，總會有辦法解決。

「好，桑朵菈，妳從今天開始就是高原之家的一員囉。」

我摸了摸桑朵菈的頭，桑朵菈也喜形於色。

「太好啦～！家人變多了呢！」

哈爾卡拉雖然很高興，桑朵菈聽了卻板起臉。

「家人是什麼意思啊！精靈又不是曼德拉草！我只是生長在庭園裡喔！吼～！」

「哇……這孩子，只聽師傅大人的話呢……」

雖然哈爾卡拉表示擔憂，嗯，但或許是這樣沒錯……

然後，既然對哈爾卡拉表示敵意，她對芙拉托緹的態度也一樣……

「主人，這丫頭太狂妄了。讓她繞弗拉塔村跑個十五圈，重新鍛鍊性情比較好。」

「和妳沒有關係吧！吼～！」

「哼！只要以藍龍吐息一噴，馬上就能冷凍妳！連土壤都會結冰喔！」

「不、不公平……攻擊土壤是犯規的……」

桑朵菈偷偷躲在我的身後。這方面就只是單純的小女孩呢。還有，她似乎能正常走路，雖然那應該不是腳而是根部。

「在沒有土壤的地方就逃不了……」

即使能走，但似乎比在土壤中移動更麻煩。

「桑朵菈，要帶妳去的話，有唯一一項條件。」

我豎起一根食指。

「什麼啊……？說說看吧……」

「就是要與居住在高原之家的其他人好好相處。偶爾吵架倒是無妨，但要確實和好。」

桑朵菈再度沉默。看來她是情況不利於自己，就會陷入沉默的類型。

「如果無法遵守就不能帶妳去囉。或許妳可以當個植物一直獨自生活下去，但這個世界上還有非常多像妳一樣會說話的動物。即使沒有必要與所有人打好關係，也不可能達到這種境界，但與經常遇見的人友善相處，會比較容易生活喔。」

她似乎一直在煩惱，不過這種煩惱應該是覺得，自己主動屈服很難為情吧。看來，答案已經出現在她的心中了。

「知道了……我會努力和睦相處的，帶我去吧……」

「乖喔，說得很好。」

我再一次撫摸桑朵菈的頭。

「今後就多多指教囉，桑朵菈。」

「嗯，多多指教，亞梓莎……」

這時候的桑朵菈面露微笑。

如此一瞧，真的就是小孩子呢。草的部分看起來也完全就是頭髮。

「可是，為什麼明明獨自生活，卻變得這麼傲嬌啊～？」

哈爾卡拉多嘴說了幾句。

「我才沒有嬌羞呢！特別不可能對妳露出嬌羞的態度！傲嬌這個詞的意思，根本就是誤解吧!?吼～！吼～！」

「呀！居然惹她生氣了！應該說，為什麼明明是植物卻理解傲嬌的意思啊！究竟吸收了什麼土壤的養分啊！」

雖然哈爾卡拉的吐槽完全沒錯，但是拜託別太刺激她。畢竟她不是很坦率的女孩。

總覺得麻煩可能又要增加了，不過也逐漸覺得，這才像高原之家嘛。

畢竟我也愈來愈堅強了。

◇

之後桑朵菈真的栽培在菜園的角落。

「嗯，感覺還不壞。不會受到遮蔽，日照時間似乎也很長。」

聲音從土壤裡傳出，感覺有點超現實。

「那麼，平常妳都在這裡吧？不用在房子裡生活沒關係嗎？」

「在床上會睡不著，這裡比較好。心情好的時候會進入建築物內。」

這種生活型態能不能算家人是一個謎，但是可以溝通，就當成家人吧。

此時手持澆水壺的法露法與夏露夏前來。

「澆水時間到了。」

「桑朵菈小姐，澆水囉～♪」

夏露夏以澆水壺朝桑朵菈的上方澆水。

「啊，好舒服。放鬆了呢。嗯，謝謝妳，謝謝妳。噢，可以了。再澆下去會造成根部腐爛。」

植物本身會告知適度的水量，還算滿方便的。

「媽媽，這株植物，極為珍貴。有觀察的價值。」

夏露夏好像準備寫植物觀察日誌。呃，這又不是牽牛花……

「媽媽，家人變多了好開心呢！」

法露法顯示純真的反應。

「嗯，夏露夏也要像法露法一樣以家人對待桑朵菈喔。」

「知道了。不會疏忽的。」

夏露夏點了點頭。

「啊，一天要澆兩次水喔。麻煩啦。」

桑朵菈再度說出很像植物的話。

「下雨的日子就不用澆了。這方面的事情會再通知。」

「明白。應該會和姊姊一起培育。」

夏露夏點頭表示同意。

總覺得各種分界線搖搖欲墜呢……但包容一切才是高原之家的特色。

除了我以外，桑朵菈首先熟悉法露法和夏露夏兩人。

到了第二天就一起在原野中奔跑。似乎由於外表年齡也相近，彼此產生了親切感。

桑朵菈的外表像五、六歲，感覺宛如兩人的妹妹。

「桑朵菈小姐，在土裡移動的速度，好快喔～！」

「對啊，肯定是植物中第一快呢！」

「幾乎從根本顛覆了植物的相關定義，讓人非常感興趣。」

「反正，我可是植物中最偉大的喔！」

她們真是意氣相投啊。照這樣看來，應該也能親近其他家人吧。

不過——

當天晚上，浴室那邊特別吵鬧。

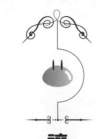

現在應該輪到法露法與夏露夏，難道在兩人洗澡的時候吵起架來了嗎？

身為母親得提醒她們才行。畢竟光是溺愛，可不能算是教育呢。

我行經走廊，前往浴室。這棟建築物的浴室位置比較遠。這樣比較有前往旅館大浴場的興奮感。

正當我走在走廊上的時候，桑朵菈哭著跑了過來。

「救命，救命啊，亞梓莎！」

「怎麼了嗎？該不會突然遭受魔女襲擊之類？」

「是法露法和夏露夏好過分，硬要我去洗澡啦！」

啊……？起先我還不明就裡，但逐漸明白事情的原委。

「桑朵菈小姐棲息在土壤裡，所以要洗澡才行～」

「身體清洗乾淨，與洗滌心靈是同樣的道理。」

兩個女兒只穿一件內褲跑過來。看來是脫衣服的途中桑朵菈逃跑。

「就說了，我才不要洗什麼澡！泡水會造成根部腐爛啦！不用泡熱水沒有關係！我一點也不髒！」

從桑朵菈拚命抵抗的態度來看，是認真的。

「妳們兩個，桑朵菈可是植物喔。不可以強迫她洗澡，知道嗎？」

「對啊，對啊！因為可能對身體造成不好的影響！吼～！」

桑朵菈躲在我的身後，朝兩人怒吼。

不過這女孩，她的叫聲？究竟是在哪裡學到的呢……

該不會曾經生長在飼養狗的房子後方吧？

「原來如此。這是文化上的多樣性。夏露夏太武斷了。真對不起。」

「抱歉喔～」

誤會似乎解開，兩人都表示歉意。

「真是的……突然被拔出來拖進浴室的時候，差點以為要死了……這是對植物的粗暴舉動！」

嗯……雖然是不了解桑朵菈而引發的悲劇，但不知道才是正常的，看來先確實召開家族會議比較好。

◇

於是，我召集全家人。

由於天色已晚，哈爾卡拉也從工廠返家，所有人都到齊。

「因為大家還不明白桑朵菈的生活規則，如果有什麼麻煩之處，希望先告訴我們。否則可能還會發生將她拉進浴室的事情。」

「話雖如此，其實問題沒有那麼多。首先，食物只要水就可以了。之後就是晒太陽，自行合成養分。」

靠光合作用就能活下去，感覺這種能力有點作弊。

「附帶一提，妳能像人一樣用餐嗎？看妳似乎有嘴呢。」

萊卡提出問題。

「啊～很久以前曾經嘗試食用人類吃的東西，但消化得花非常長的時間，之後就避免了……即使會說話，體內卻與人類似乎不一樣。水分也是從土壤吸收比較有效率。」

「什麼都不用吃嗎？那麼，和我一樣呢。」

羅莎莉雖然點頭，不過兩者在性質上應該有很大的差異。

「明白了。那麼料理之類就不用準備妳的份囉。」

「這樣最好。反正也不會因為沒有自己的份而感到失落。基本上，我是隨心所欲的無根草。」

「拜託，妳根本就有根吧。不如說，是根部為本體的草吧。妳真笨耶。」

「那是文字遊戲！芙拉托緹妳不要一直挑我的語病啦！吼～！」

她與芙拉托緹的距離應該很快就會縮短吧……某種意義上，覺得她們可能是好搭檔。

「還有，睡眠時間很隨便，什麼時候會睡很難說。反正想起床的話，倒是可以讓妳們叫醒我。雖然晚上大多在休眠，不過身體本身倒是會這樣活動。」

「知道了。晚上沒事的時候會來叫醒妳。」

「反正我晚上也沒事做，偶爾會來叫妳喔。」

芙拉托緹也就算了，記得羅莎莉晚上都閒得無聊吧。我幾乎不清楚她深夜都在做什麼。

「等一下！可不要毫無意義叫醒我！」

可能不喜歡天天都被叫醒，桑朵菈急著拒絕。

「要說的就是這些。只要當成菜園裡長出植物即可。我也覺得這樣比較輕鬆，其實不用太在意我沒關係。植物都已經習慣孤獨。只要在沒有敵人的環境就足夠了。」

雖然她嘴上這麼說，但這女孩整體而言有些逞強，因此這方面的說詞聽一半就好。畢竟幾乎沒有人會主動希望別人關照自己。

「桑朵菈另外還有什麼要糾正的事情嗎？趁這個機會毫不保留，盡快全部說出來吧。畢竟像是植物的感覺，我們都不太清楚呢。」

像這樣借用家庭會議的場合說出來，之後比較不會吵架。既然家族人數變多了，這些事情也要多加留意。

「這個呢……真要說的話……這裡的菜園種植了幾種蔬菜吧。」

「嗯，有紅蘿蔔、甘藍菜與洋蔥之類。」

菜園是從我決定在這個家定居的時候，原本就有的。

之後由我，職業是較為詳知植物的魔女擴大過菜園。

「那些蔬菜，很難吃喔。」

「咦……？」

我發出奇怪的聲音。

想不到會批評一直種植的蔬菜……原以為她會自己攝取營養，嫌蔬菜礙事而要求減少種植，結果卻提出方向性完全不同的話題……

「妳這樣對亞梓莎大人很沒禮貌喔。況且妳是植物，所以也不會吃蔬菜吧？照理說應該分不出美味或難吃。」

認為這是在批評我的萊卡板起臉。

「不用吃也知道。畢竟我當植物當了這麼久，當然知道什麼蔬菜可以讓人類美味地享用。與農家之類的專家相比，果然味道差了一節呢。難道是肥料不夠的關係嗎？」

怎麼回事……有股強烈的落敗感……

「啊，師傅大人消沉了！桑朵菈小姐，妳說得太過分了啦！」

連哈爾卡拉都出面挺我。

「的確，師傅大人的蔬菜整體而言水水的，紅蘿蔔也不太甜，這些問題也是女兒們不愛吃蔬菜的原因，但依然是注入了愛情栽培的喔！」

「喂！除了愛情以外全都否定了耶！」

總覺得現在，演變成我種植蔬菜的技術非常差勁耶！

「這個，師傅大人……其實這不是您的錯。說起來，家庭菜園的等級就是這樣。畢竟與農家不一樣，所以沒有必要準備那麼高品質的蔬菜。種不好是當然的。」

哈爾卡拉一臉歉意地表示。意思是好像真的很差勁耶……

「法露法不喜歡吃蔬菜，所以不太清楚喔。」

「與姊姊一樣。不覺得媽媽種的蔬菜特別難吃，而是蔬菜這種概念本來就難吃。」

就算小孩子討厭蔬菜是天生的，難道沒有家人願意稱讚菜園裡的蔬菜好吃嗎……連胃口大的芙拉托緹都沒有挺我。

不對，可是回想起來才發現，包括自己從來沒有特別好吃的反應。可能一直在哪裡妥協了吧……

想不到會在這種地方，發現菜園裡栽培的蔬菜品質很微妙的事實……

不過，話題並未到此結束。

「只要靠我的力量，就能幫妳改變成最美味的蔬菜。」
桑朵菈爽快地表示。
「真、真的嗎……？」
我緊緊盯著桑朵菈的臉瞧。
「那當然。我可是植物喔。知道使用什麼樣的土壤與肥料，就能種出高品質的蔬菜。」
這次桑朵菈自信滿滿地表示。然後，她的話愈說愈滿。
「比方說，甘藍菜與紅蘿蔔差不多接近採收時期了——這樣吧，兩個星期我會讓其產生翻天覆地的美味。幫妳創造頂級的蔬菜。」
「兩個星期!?」
這已經接近魔法的領域了吧。
「會不會說得太誇張了……如果蔬菜兩星期就能變美味，就不用這麼辛苦了。」
萊卡露出半信半疑的反應。
「那麼，就讓妳們見識兩個星期之內，蔬菜能變得多好吃。高原之家的菜色等級會提升一個層次喔。」
桑朵菈咧嘴一笑。表情彷彿已經確信勝利。
「總之，我想去尋找土壤與肥料，所以要外出旅行。可是我不知道什麼地名，只能指示方位而已。」

原來如此。桑朵菈不具備這樣的知識呢。

「那麼，妳讓萊卡載妳，出門去尋找吧。」

「好的，吾人也對兩星期會產生什麼變化感興趣。請務必讓吾人幫忙。」

萊卡也十分起勁。畢竟她對料理有股執著，蔬菜應該也不例外吧。

「植物的基本是土壤。除了土壤還是土壤。只要帶來良好的土壤，由我讓蔬菜充分吸收營養的話，就能產生翻天覆地的美味。交給我吧。」

「那麼，就去尋找各式各樣的土壤吧。讓吾人見識妳的本領。」

「話題聊完了。那麼，今晚我去睡菜園啦。」

如此交代後，桑朵菈便走出屋外。

同居人特地跑到外頭去，這一點有些超現實呢……

◇

就這樣，兩人從隔天便開始尋找土壤。

話雖如此，傍晚就見到她們得意洋洋地回來。

「嗯，發現了良好的土壤。接下來只要種在這些土壤裡即可！」

「應該會是體力活，芙拉托緹也去幫忙吧。」

看來要立刻進行換土工作。

「好，交給我芙拉托緹吧！身體勞動可是我的專長呢！」

以兩名龍族的力量，更換土壤轉眼便結束。雖然只有女孩，但我們家很能應付粗重活。

土壤準備好了，接下來就是等待期間。

我與萊卡耐心等待了兩個星期。

另一方面，桑朵菈似乎一直鑽進土中，設法改善蔬菜。該不會在幫蔬菜加油吧。這方面完全是謎團，但還是相信家族成員之一囉。

「噢，可以不用再幫蔬菜澆水了。這些孩子已經變得堅強了，正在仔細吸收土壤中的水分。不如說，澆太多水的話他們會撒嬌。現在必須嚴格一點。」

我也完全聽從桑朵菈的話。

偶爾聽植物的意見，栽培植物也不錯。

◇

——然後，過了兩個星期。

終於到了採收蔬菜的日子。

甘藍菜與紅蘿蔔由我和萊卡搬進家中。之後以清水大致洗過。

「這就是桑朵菈說過，最美味的蔬菜呢。」

外表是極為普通的甘藍菜與紅蘿蔔。

「首先從甘藍菜嘗嘗吧。」

態度高傲地手抱胸前的桑朵菈表示。

「那麼，吾人就嘗試看看。」

萊卡捧起一顆甘藍菜，以很龍族的方式豪邁地大口咬下去。

發出沙哩沙哩的清脆聲響。

好啦，怎麼樣，味道如何？

大家的視線集中在萊卡身上。光是甘藍菜就能如此氣氛熱絡，在一直悠哉的高原之家也是頭一次呢……

「真、真美味！」

萊卡頓時睜大眼睛。

「非常甜美，光是這樣，不論多少都吃得下喔！簡直就像水果一樣！」

「咦，區區甘藍菜會有如此反應……？真的這麼好吃嗎？」

一邊心想反應也太誇張了吧，同時我也嘗了一口。

不好意思。

這真的很好吃。

「怎麼回事！這是最高級的甘藍菜呢！是甘藍菜之王！甜美多汁耶！」

桑朵菈似乎對我們的反應十分滿足，環抱手臂靠在牆上。

「怎麼樣？很好吃吧？會覺得之前吃的甘藍菜是失敗作品吧？」

自己種菜一直被批評雖然很難為情，但與這個根本沒辦法比呢……

「接下來也嘗嘗紅蘿蔔吧。生的直接啃，就能明白品質有多好。」

生啃紅蘿蔔啊……這種吃法的難度還真高。

以前住在日本的時候，自我感覺良好系的店家端出類似蔬菜棒的料理時，總會有紅蘿蔔，但老實說我不太喜歡。

「這也由吾人先嘗嘗吧。」

萊卡毫不畏懼地咬了一大口。

「甜得好驚人呢！這真的是紅蘿蔔嗎!?彷彿撒了砂糖之類呢！」

「拜託～哪有這麼誇張。這是紅蘿蔔吧。確定沒有殘留什麼腥味嗎？」

連我都心想根本是裝出來的吧，同時咬了一口生紅蘿蔔。

「哎呀……生吃完全沒問題呢……以、以前曾經有這種事情嗎……」

明明是紅蘿蔔卻很好吃……這種紅蘿蔔說不定法露法與夏露夏也能大口吃喔！

「大致上就是這樣囉。讓妳們見識到真正的蔬菜了呢。」

桑朵菈高高在上的表情就像樞機主教與國王加起來乘以三，但她今天可以隨意自傲。

然後，既然生吃就這麼美味——

代表烹調後會變得更好吃！

「萊卡，我們一起下廚吧！」

「好的！吾人也會卯足全力！」

於是，我和萊卡專注於製作料理。

不論是點綴，或是主菜，每一道菜都多加了些蔬菜。

這次的目標是兩個不太喜歡吃蔬菜的孩子。

「來，嘗嘗看吧！有炸紅蘿蔔與紅蘿蔔濃湯，還有使用紅蘿蔔與甘藍菜的炒蔬菜喔！」

法露法與夏露夏的反應不太好。

「嗚嗯~完全沒有肉……」

「這是大人的味道……對年紀還小的夏露夏和姊姊而言還太早……」

果然，她們絲毫沒有動叉子湯匙的打算。如果我說不想吃也沒關係的話，她們多半會毫不猶豫選擇。

「妳們兩個，就當作被騙嘗嘗看吧。很好吃的喔！」

「媽媽，夏露夏不希望人生中有被媽媽欺騙的記憶。」

聽到她這麼說，就有點難推薦了耶。

「至少我覺得很好吃喔！我和萊卡為了妳們兩人確實注入了愛心呢！對不對，萊卡？」

「是的，雖然吾人也想多吃點肉，但今天為了激發蔬菜的美味而特別講究喔！」

即使說出了想吃肉的真心話，不過這一點就容許她吧。

「既然媽媽都說注入自己的愛心了，法露法也只能吃囉……」

首先，法露法將紅蘿蔔濃湯送進口中。

只見她逐漸洋溢喜悅的表情。

「啊，很好喝喔！這樣就可以吃了呢！」

太好啦～！這一刻，我跨越了高聳的壁壘呢！

有如被法露法引誘上鉤，夏露夏也跟著將料理送入嘴裡。

她的表情也像短時間開花般，頓時變得明朗。

「夏露夏以前可能都誤判了蔬菜這種事物的本質……」

對啊，其實蔬菜真的非常好吃喔！

兩人都順利吃完了只有蔬菜的料理。當媽媽感到好幸福！女兒變得喜歡吃蔬菜，就等於我身為母親更上一層樓！

我與萊卡互使了個眼色。

「然後呢，將蔬菜吃光光的兩人有獎品喔！」

萊卡端來的，是使用許多紅蘿蔔的甘藍菜磅蛋糕。

「蔬菜也可以使用在甜點上喔！來，嘗嘗看吧！」

之後就完全不用擔心了。兩人大口吃著甜蜜的蛋糕，還想要再來一塊。當然，我也滿足了她們的要求。

不過，這個家裡還有人的食量更大

「主人，想麻煩您，再來一塊！」

氣勢彷彿能吃下無限多塊的芙拉托緹，要求吃第四塊蛋糕。

「妳已經吃很多了吧。差不多該忍耐一下……」

萊卡忍不住勸告。如果不說清楚，芙拉托緹會聽不懂……

「欸～？芙拉托緹還沒吃夠啦！尤其蔬菜不會囤積在肚子裡，不論多少都吃得下！」

真的可能有多少吃多少才可怕。

「那麼，明天會再製作……這樣可以了吧……」

「不如說芙拉托緹也要做，所以教我吧。」

芙拉托緹的手藝的確有一般人的水準。剛來到我們家就開始做蛋糕了。

「嗯。吾人明白了。那也傳授妳所有手藝吧。」

哦，兩名龍族如果也融洽地下廚，那就更好了。

正當我想再一次向桑朵菈道謝時——她已經不在房間內。

外出一瞧，只見她橫躺在菜園的土壤上。

「有什麼事？今天我想休息了呢。」

「謝謝妳喔，桑朵菈。多虧妳的努力讓大家面露歡笑。」

我也對桑朵菈露出微笑。

「畢、畢竟有受到妳照顧的自覺啊……這樣算幫上一點忙吧。」

桑朵菈害羞地轉過臉去，滋噗滋噗地鑽進土壤裡。

嗯，桑朵菈，妳毫無疑問是我們高原之家的一分子。

「今後也多多指教囉。」

決定讓孩子們去上學

She continued destroy slime for 300 years

由於年齡與外表不一致，有點難以分辨，不過這個家中身體與精神層面都最年幼的，是桑朵菈。

比法露法和夏露夏看起來更幼小。大約幼稚園到小一左右。

相較之下，兩人的外表大約像小四或小五。

這種（外表上）僅僅數年的差距真的很大。

要說差距大在哪裡，就是法露法與夏露夏認真展現出身為姊姊的態度。

當天兩個女兒同樣在桌上教桑朵菈寫字。

「這、這樣可以嗎……？」

「啊，反了喔。這個字不是逆時針，而是順時針寫的。」

「呃，這樣？」

「沒錯！好，那就練習十次吧！」

「咦，趕快換下一個文字嘛……」

「反覆多寫幾遍才不會忘記喔！」

附帶一提，夏露夏僅觀察兩人的模樣，同時不停點頭而已，完全沒有開口。散發出宛如注視一切的老師傅氣氛。

雖然很難說是雙人教學……不過既然參與了教學現場，就定義為雙人教學吧。

「嗯，寫得很好~！那麼，試著寫寫看『蘋果』。」

「別小看我。這點小事，我也做得到。妳看！」

夏露夏搖了搖頭。

「這樣變成『蘋菓』了喔。」

「對、對、對啦……其實是在測試妳啦……」

肯定不是吧。妳的反應也太容易看穿了！

「接下來不會弄錯了……看，這樣就行了吧……？沒錯吧？」

桑朵菈不安地等待回應之際，只見夏露夏默默點了點頭。

「太好了……沒、沒有啦，其實我早就知道了呢！」

兩人身為教育者都十分積極活躍。真的很好。

由於桑朵菈多半都在土壤中生活，因此一直看不懂文字。再這樣下去會對今後的生活造成影響，所以得讓她學會文字才行，結果不知不覺中由兩個女兒負責。

外表年紀相近，桑朵菈似乎也比較不會反抗，坦率地接受。

「古人說過。達路克大道要花五十天。可是，第一步與前往鄰居家跨出的第一步一樣。只要一步一腳印累積，總有一天會成為參天巨塔。學問就是這種事物。」

夏露夏突然說出類似格言的話，不過法露法與夏露夏都充耳不聞，一直練習寫字。

「總覺得好像女兒變多了，感覺似乎不錯。雖然桑朵莅夜裡會鑽進土壤中。」

這句話似乎分毫不差傳入桑朵莅的耳中，只見她耳朵動了動。

「我又不是亞梓莎妳的小孩。我是我。可不是屬於妳的植物。別亂說話。」

連這種像叛逆期的反應，也非常好。

之前一直教育法露法與夏露夏長大，但兩人實在太乖了。乖得簡直就像書上的模範，而且頭腦也很好。不論以孩童或是以女兒而言都像開了某種金手指。

話說回來，雖然不用費心是一件值得感激的事情，不過養小孩過程有一點辛苦，也是身為母親的一種醍醐味。

重點在於「有一點辛苦」。

如果每天晚上會哭得睡不著，或是天天造反，破壞家裡牆壁可就麻煩了。

關於這一點，桑朵莅這種些許叛逆的反應，正好呈現適度的反抗期。

我觀察女兒們的情況之後，前去清洗衣物。

附帶一提，是以龍捲魔法代替洗衣機。今天則利用泡澡剩下來的溫水洗衣服。

雖然水也可以靠魔法產生，不過溫熱的水多半比較能洗去汙垢。洗衣精則是提煉植物成分。這部分算是魔女的範圍。

碰到這種時候，魔法真的很方便。

畢竟大家庭，要洗的衣物數量也繁多，手洗太辛苦了……

「好，今天洗衣完畢。」

接著洗好衣服後，拿到外面晾乾。

「唔……哈爾卡拉的內衣，會不會太華麗啦……？反而是芙拉托緹根本找不到內衣，她該不會嫌麻煩就不穿吧……？之後再質問她……」

在意一些小地方，但還是晾乾後，只見夏露夏獨自前來。

「媽媽，夏露夏有提議。」

「哦，提議啊。」

她的用詞還是一樣艱澀。

「不論對夏露夏或是對姊姊而言，從人類外表來看就能算是小孩。桑朵菈小姐自然不用說。」

桑朵菈雖然還是小女孩，但年紀上較為年長，因此加上小姐兩字。

「然後，之前夏露夏與姊姊兩人都自發性學習。桑朵菈小姐加入後，還感受到全新的擴展性。」

「嗯，沒錯。妳們兩人終於成為姊姊了呢。」

法露法雖然是夏露夏的姊姊，不過她們是雙胞胎，所以算些許例外。但桑朵莊加入後，不論是真正有姊姊風範的法露法，以前從未當過姊姊的夏露夏，都被要求得像姊姊一樣。

「這時候夏露夏想到。身處於孩子更多的環境中，會有進一步的發現。確信這對自己的人生帶來有益的結果。」

這番話與孩童有些差距，所以需要翻譯，亦即她委婉地表示——

「意思是夏露夏想去學校念書嗎？」

「沒錯。據說大城鎮有為了孩童而興建的學舍。」

夏露夏反覆點頭。表情露出些許笑意。

原來如此，想去類似小學的場所念書嗎？

這個世界也不是沒有（類似）小學的地方。當然一如夏露夏所說，這種設施只有大城鎮才有。在這個州內大概得去首府維達梅找吧。

會就讀這種地方的，是居住在城鎮的平民孩童。

像是貴族階級的小孩，會聘請專屬家庭教師。反而是貧困農家的孩童之類，從小就得充當人力辛勤工作才行。
既不像小學是專門念書的地方，也沒有義務教育的概念。但是，也並非單純托育孩童的設施，似乎會施行最低底線的教育。
能看得懂文字，找工作也比較寬廣，凡事都很方便。
總之，要說類似小學的設施倒是有。
「可以嘗試，體驗就讀嗎？」
夏露夏清楚表明，態度比平時更加堅決。
「體驗就讀嗎……這樣啊……」
至少我並非百分之百贊成。
法露法與夏露夏雖然外表看起來像小孩，卻已經活了五十年。
讓她們加入真正的孩童之中，不會格格不入嗎？
只是格格不入倒還好，萬一遭到霸凌就慘了。
所謂霸凌，原則上只會在團體內發生。至少在定義上，獨自生活的隱士沒這種問題。
即使不是小學，只要進入與之前不同的團體，就會伴隨風險。
一旦打起架來，兩人應該不會輸給小孩子，但還是有可能留下不好的記憶。
「唔……這個呢……」

「小女子覺得非常好哪。」
不知為何別西卜在我的身旁。
「妳啊，最近登場的方式也太突然了吧……拜託不要像隔壁鄰居一樣突然冒出來……」
「即使在范澤爾德城的城下，都有這種初等教育機構存在哪。」
她並未理會我的吐槽。
不過，魔族世界給人的印象是在各方面比人類世界更進步，以學校而言或許功能更齊全。或許可以當成選項。
「另外，由於從高原之家出發太過遙遠，因此可以讓兩人從小女子的豪宅往返——」
「噢，是喔，那就不用操心了。」
結果還是想找機會與法露法和夏露夏一起生活嘛。
「應該說，妳不是會使用召喚魔法嗎？教我使用的話，從這裡不是也可以前往魔族的土地？」
我想起三不五時以召喚魔法將別西卜叫來高原之家。
「拜託喔……召喚魔法會造成被召喚對象大量疲勞，可不是通勤、上學時使用的哪。像小女子這種高等魔族倒沒什麼問題，但不應該對法露法和夏露夏使用。」

便利的事物都有對應的限制。這也是沒辦法的。

與別西卜聊天之際，夏露夏的視線筆直凝視我。

被她施加了想進入類似小學的設施就讀的無言壓力耶！

「哎……那麼，就以體驗就讀的名義，短期念念看吧？期間之內，我也會使用透明化魔法觀察動靜。透明化魔法倒是相當單純，可以從後方注視。」

這樣可以判斷是否能融入學校。

「了解。沒有任何問題，希望能以這種形式進行。」

於是，決定前往學校念書。

◇

之後，我前往州首府維達梅，在類似小學的設施聆聽說明。

設施名稱叫做「初等教育賽納爾塾」。形式上似乎是私塾（補習班），賽納爾則聽說是創始者的名字。

根據設施裡的人解釋，是以六歲到十二歲左右的孩童為對象，完全就是小學嘛。

「我們會以清新正直又健康的方式教育，請媽媽儘管放心！肯定會讓您滿足的！」

負責說明的塾長大叔如此表示。

噢，對喔，我的身分是媽媽呢……

「這個……說是媽媽會不會太年輕啦……應該是姊姊吧……？」

我想起自己外表也才十七歲左右。

「這個，該怎麼說呢，要說複雜是滿複雜的家庭。不過現在過得非常開心，所以放心吧。」

我完全沒有說謊，因此沒問題。

「我們賽納爾塾會先讓孩子進行為期一週的免費體驗就讀。如果沒有問題的話，再正式辦理入學手續。」

「啊，有體驗就讀呢。那正好，就拜託您了。」

就讓三個女兒乘坐在萊卡身上上學吧。

然後，到了體驗就讀第一天。

我以透明化魔法偷偷溜進教室。

教室內比我想像中更像日本的小學。唯一不同之處是長桌子分別間隔一點距離，學生坐在間隔中。人數將近四十人。

年輕女老師向全班同學介紹來到前方的三人。

「好的～今天有三位新朋友要加入大家喔！那麼，可以先自我介紹嗎？」

「名叫法露法喔！大家好！」
「夏露夏。與姊姊是雙胞胎。」
「……桑朵菈。」
桑朵菈明顯感到難為情，不過這還在意料範圍內。
「那麼，妳們三人找空位坐下來吧。」
於是三人並坐在一起。三人一組的話，總不會發生霸凌吧。
「那麼老師要發練習題了，大家寫寫看。先從簡單的開始發，完成後告訴老師喔。」
原來如此，對每個學生分別出功課，讓學生寫的體系嗎？若不是這樣，桑朵菈就無法與法露法她們同班了。
我悄悄在三人後方或身旁注視。由於呈現透明，其他學生看不見。有孩童說「好像有人的氣息……幽靈……？」之類，但我沒在管。
桑朵菈辛苦地與文字的書寫方式搏鬥。
另一方面，有男學生對法露法開口。
「如果有不懂的事情，我可以教妳喔。什麼都可以問。」
唔唔唔！該不會因為女兒可愛，這麼快就展開攻勢了嗎？就算是小孩子也不行！女兒可不會給你的！

「謝謝你～！真是親切呢～！」

法露法道謝過後，快速隨手翻了翻練習題。

「不過，這些練習題全部都會了，所以不需要啦。如果還有不明白的地方會再告訴你的！」

「咦……連最後都會嗎……？」

該名男學生一臉愕然。

不好意思，以法露法的能力，真的輕易匹敵大學生呢……

「雖然比不上姊姊，但若是這種程度的算術，夏露夏倒是會寫。想要下一份練習題。」

連相較於法露法，不太擅長算數的夏露夏都不會在這種地方受到阻礙。

老師也露出怎麼可能的表情。不過，依然半信半疑。

「法露法妹妹，這個問題，可以試著上臺解答看看嗎？」

「好～！」

然後法露法在前方的板子上輕鬆寫下了答案。

「這樣就完成啦！」

「嗯……寫得很好呢……那就給妳下一份練習題……這樣行吧？」

法露法將老師給的練習題快速翻到最後一頁。

© Benio

「這份練習題，法露法也全部都會寫，應該不需要吧。」

「這個……老師手邊沒有更困難的練習題，所以去辦公室拿一下……」

老師臉色發青，離開了房間。

慘了。

再這樣下去，該不會引發相反意義的教學瓦解吧……？

之後，老師帶來的是相當正式的算術書籍。

「這、這樣應該沒問題了吧……？是我上大學時用過的教科書……」

夏露夏則似乎沒有料到，練習題會變得這麼誇張，拿著書本僵在原地。話雖如此，畢竟是大學教科書，這也不能怪她。

老師也露出應該終於可以鬆口氣的表情。

不好意思，我帶了問題兒童來……

不過要阻止法露法，這樣似乎還是不夠。

「好囉～！第一道證明題解開了！老師，這樣對嗎？」

法露法舉起手來，呼喊老師。

「這、這個………嗯，答對了……」

「這部分的問題，法露法已經大致懂了，可以解更後面的嗎？」

「這個，老師也沒有自信耶……呃……妳可以進入大學，在那裡學習嗎……」

男學生大喊「好厲害！比老師還聰明！」全班都跟著吵吵鬧鬧！

「天才耶！」「原來天才轉學生是真的存在啊！」「好厲害，好厲害！」

慘了慘了……課程演變成騷動了……

可是，老師似乎連斥責的心情都沒有，一臉疲憊地癱軟無力。

「竟然輕易輸給小孩子……難道我沒有才能嗎……沒資格當老師嗎……」

該怎麼辦。老師喪失了自信心！

「法露法妹妹！」「天才法露法！」「法露法！」「法露法！」

總覺得在孩子之間，有種吹捧法露法的氣氛。

原來如此，以正面挑戰超越老師的人在孩子之間是英雄嗎？

由於老師喪失權威，甚至有小孩開始私下交談……這下子可不得了！

不過這股熱烈氣氛卻從意外之處被抹消。

「啊～夠了喔！你們很吵耶！」

桑朵菈出聲大吼。

「現在正在上課耶！大家安靜一點！或許法露法很了不起，但現在是各自做該做事情的時候吧？要誇獎她等休息時再誇不就好了。連這點時間都等不及，真是幼稚喔。」

整間教室頓時鴉雀無聲。

好厲害。桑朵菈出聲斥責，讓所有人安靜下來。

不愧是這些學生中最年長的人（應該超過三百歲）。

然後「真是幼稚」最後這句話似乎發揮了作用。

原來，小孩子不喜歡被別人罵幼稚呢。畢竟他們想早日成為大人的一分子呢。

因此吵吵鬧鬧被罵很幼稚的話，就會變成必須認真念書才行的氣氛。

「那女孩說得沒錯呢……」「記得叫做桑朵菈吧，好有魄力喔……雖然個子很矮」

「有種被大人罵的感覺……」

她應該比各位的父母都年長吧。

「呼，終於安靜下來，可以學習文字的寫法了。」

雖然桑朵菈進行的是最初步的授課內容。

之後課程恢復一如往常，不過法露法和夏露夏的頭腦太好了，因此獲得類似特別待遇。

「老師，法露法接下來該做什麼好呢？」

「法露法妹妹……妳教夏露夏妹妹算術吧……雖然老師也不明白法露法妹妹該做什麼程度的題目……總之妳似乎已經理解了這間學校所有可以教導的知識，應、應該不用再來了吧……畢、畢業了！」

結果法露法被強迫畢業！

「還有，夏露夏妹妹也是，似乎已經通過了這裡能教的範圍……所以畢業啦！」

連夏露夏也畢業嗎！

有太過聰明的學生，老師的確也很難當。

老師與學生的關係，必須建立在老師的知識比較豐富這個前提之上。學生知識更豐富的當下就失去了意義。

「欸～法露法，畢業了嗎？」

法露法露出失望的表情。這也難怪，明明特地前來念書，結果感覺卻被潑了冷水。

「姊姊，或許上臺教書會比較好。」

雖然夏露夏提供建議，但有種根本的誤解。

儘管留下許多問題，第一堂上課時間就此結束。

「好，休息時間到啦！」「來玩躲避球吧！」

孩子們跑向外頭的操場。這方面算是世界共通點吧。

附帶一提，這個世界存在躲避球。由於規則很單純，即使已經扎根也不足為奇。

法露法她們也在孩子們的邀請下，來到操場上。

暫時沒有受到霸凌的跡象，這一點讓我鬆了口氣。大家一起健健康康玩遊戲喔。

不對，等一下……

雖然不如我與萊卡那麼強，但總覺得兩人的能力也比孩童高出許多……照理說遠遠超越一般冒險家……

法露法與夏露夏，以及桑朵菈都被分在同一隊的內場。

「好！夏露夏妹妹，準備囉！」

對手隊伍的內場男生擲出球。

夏露夏輕易接住這一球。

雖然乍看之下像在發呆，但這種程度的運動神經還是有的。

「那麼，我也要擲囉。」

助跑一段距離後，夏露夏擲出球。

——颼！

猛速球直擊男生。

原本準備接住球的男生，就這樣敗給球的力道，一屁股跌坐在地上。球則滾落到後方。

「好、好可怕～！威力好嚇人喔～！」

男生居然當場嚇哭！

「真是沒用呢。」「接女生擲的球還哭，很難看喔。」「對嘛，對嘛。」

隊伍的自己人十分冷淡。被女生弄哭對這個年紀的男生而言，可能的確很難受。

可是孩子們，如果太過度責備那個男生，等輪到你們自己的時候，就要後悔囉。

說真的，那男生會哭並不是因為沒用。

實際上，剛才那一球的威力的確驚人……

這次換法露法接住了球。

「嘿！」

——颼！

豪速球直接命中附近女生的腳。

球反彈之後，再度回到法露法身邊。

法露法迅速撿起球，再度擲出去。

這次命中後方的男生。球速太快導致他閃避不及。

「好可怕！」「球速，太快了啦！」「很痛耶！」

對方隊伍接二連三哭了出來！

我方隊伍中表示「好厲害！」的孩子，以及膽怯地說「那對姊妹，太可怕了……」的孩子各占一半。

大家都開始清楚認識到，這對雙胞胎的潛力異常強大。

夏露夏似乎也發現到這件事。

「姊姊，再這樣下去夏露夏和姊姊會變成眾人害怕的對象。這樣簡直就像邪神……或許應該手下留情才對……」

「可是，不卯足全力就不好玩囉。而且放水也很失禮耶。」

法露法的意見也正確，可是不放水就玩不下去了吧……

「看來，會在體驗就讀的階段就結束呢。」

待在後方的桑朵菈嘀咕。

我也如此心想。

這已經等於宣稱同樣是十歲，卻將實際年齡十歲的熊與老虎放進孩子之間了。

結果，躲避球比賽就在法露法與夏露夏連放無雙下轉眼結束，因此決定再比一場。

對手隊伍似乎也討論過該怎麼對付雙胞胎。

「讓那兩人接到球就完蛋了。」「先對付其他人。」「休息時間很快就要結束。時間結束後人數較多的我們就贏了。」

甚至考慮過時間到的戰術嗎？

即使有些狡猾，但如果不這樣拘泥於勝利就贏不了，沒辦法。

對手隊伍的戰術，一開始似乎很順利，雙胞胎一直沒機會接到球。

所以，如此一來，目標自然就是外表也很嬌小的桑朵菈。

「接招吧！」

對手隊伍的外場隊員朝桑朵菈擲球。啊，那孩子十分嬌弱，別太過攻擊她啦！

可是，再度發生出乎孩子們意料的事情。

「呀！危險！」

桑朵菈立刻鑽進土壤中，躲開這一球。

似乎連操場這種看起來特別硬的地面都能立刻鑽進去。

躲是躲過了，但是超級顯眼……

「她鑽入地面了耶！」「這是怎麼做到的!?」「好厲害！我也想要！」

結果大家將比賽丟在一邊！

「這很簡單。地面肯定也會有比較脆弱的地方。迅速將根部插入該處即可。如此一來，就能迅速鑽進去了。」

僅探出算是頭髮的葉片部分，桑朵菈說明。

拜託，一點都不簡單好嗎？像是地面的脆弱之處，只有妳才看得出來吧。

「不要思考，而是感覺。去感受土壤。習慣之後任何人都做得到。」

到底要怎麼習慣啊。

更何況我都活了三百年，但是沒看過除了妳以外有誰辦得到。

這時候，告知休息時間結束的鐘聲響起。再度準備上課。

接下來的課堂上，老師依然深陷水深火熱。

「夏露夏想對這本書上記載的本質這種概念提出異議。這終究只是定義上的存在，討論這種事物有可能是某種程度上的謬誤。」

「呃……夏露夏妹妹，老師也不太清楚這方面的事情呢……」

夏露夏，初等教育的老師沒辦法進行類似哲學討論的啦……

就這樣引發無數問題，當天的體驗就讀告一段落。

「怎麼樣？開心嗎？」

「法露法非常開心喔！」

「夏露夏偶爾會產生自己彷彿外國人的隔絕感。不過，特別是這種時候，似乎才能實際感受到自己是什麼樣的人。個人評價是大致上饒富趣味的體驗。」

夏露夏似乎多少明白自己有時候顯得格格不入。

「桑朵菈覺得如何呢？」

「是不壞……但是，應該不會發入學許可吧。」

這孩子最能認清情況呢……

◇

過幾天，我以母親的身分前往賽納爾塾。

「您的孩子非常聰明……這個……已經超越了我們能教導的範圍……應該在其他更正式的場合學習比較好……」

塾長大叔一臉歉意地表示。

「也對啦！」

帶金手指等級的孩子來造成各位的麻煩了。

「只有桑朵菈妹妹的話我們倒是可以照顧，請問您意下如何？」

我大約思考了五秒左右——

「不如說，我會在家裡讓雙胞胎教她……」

「那就麻煩您了……」

於是我明白，我家小孩沒辦法去學校上學。

其實這樣也好。就在我家好好教育吧。

原以為兩人會很失望，不過她們倒是順利地接受。

「雖然人多比較好，可是學習一點也不有趣呢。」

「以課程等級而言並不高。果然有極限。」

「今後妳們要負責在家裡教桑朵菈喔。教別人也是很重要的學習。」

「好～！」「明白了。」

桑朵菈笑著表示：「真是的。終於塵埃落定了嗎？」

「對啊對啊，既然住在這麼偏僻的高原，當然沒必要特地就讀城鎮的學校啊。在這裡念書就行了。」

「桑朵菈，雖然妳很自傲，不過文字的方向還是經常寫反喔。」

「有、有什麼辦法！植物哪有什麼機會寫字啊！」

桑朵菈似乎也有幹勁，應該很快就能擁有一定學力了。

不過，要說真心話的話，我倒是鬆了一口氣。

如果讓孩子上學，與孩子相處的時間就會減少。

至少，我暫時還沒辦法讓孩子獨立。

「對了，桑朵菈。」

我察覺到一件事情。

「每天對妳說『謝謝』這句話，或是讓妳聽音樂的話，會不會成長得更好？」

讓蔬菜聽古典音樂，就會變得更美味的說法是真的嗎？

「我哪知道……至少每天被迫聽諺語的話，會更有教養吧……？」

也對，桑朵菈畢竟是有記憶力的……

今年照樣決定開設咖啡廳

She continued destroy slime for 300 years

與萊卡一同前往弗拉塔村購物，發現廣場正在布置些什麼。

我也住在村子不遠處這麼久（畢竟長達三百年），馬上就知道這是什麼。

這是在舞蹈祭時設置的高臺。

是從高臺上頭撒下花瓣之類，讓舞蹈祭顯得華麗繽紛的表演。

「噢，又接近舞蹈祭的時候了呢。」

在搭建高臺的村民們回答「沒錯！」「一起盡情跳舞吧！」

舞蹈祭是持續了兩百五十年左右，弗拉塔村慶祝收穫的祭典。話雖如此，其實幾乎沒有儀式的要素，主要活動就是熱鬧地慶祝。

只不過，萊卡不知為何難為情地低著頭。

究竟是怎麼回事？舞蹈祭可不是打倒龍族的戰勝紀念之類喔。

「今年也想看萊卡妹妹的女僕服打扮呢！」「咖啡廳就拜託妳們啦！」

搭建高臺的村民們再度喊著，答案揭曉。

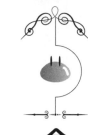

噢，原來是這樣……

去年舞蹈祭的前日祭當天，我們在高原之家開設一日咖啡廳。感覺就像文化祭。

我們則在店裡穿上女侍服，亦即類似女僕服的服裝待客——

但是萊卡可愛得好誇張。

應該說，超誇張的。

當時的萊卡超級可愛，宛如將可愛這種概念濃縮至一點。有種這才是真正美少女的威力。

甚至覺得她可能是可愛化身的妖精之類。

過度形容或許有人會覺得噁心，但萊卡就是這麼棒。

一段時間內，在弗拉塔村看待萊卡的眼神都改變了。氣氛彷彿真的會成立粉絲俱樂部。

但話說回來，萊卡本人當時也感到困惑，現在似乎也沒什麼意願……

「亞梓莎大人，還要再度開設咖啡廳嗎……？」

滿臉通紅的萊卡詢問。

她的動作已經十分可愛，可以配三片麵包吃。

她會問我這種問題，表示她感到難為情，不太想扮成女侍。這一點我知道。

然而。

「這個呢……雖然對萊卡妳過意不去，但妳能不能忍耐一天就好……？反應這麼熱烈的話，又不好意思說不辦……」

少了萊卡舉辦也不是不行，但是萬一收到「什麼啊～沒有萊卡妹妹只有魔女大人嗎」這種反應的話，我也會受到打擊，萊卡人氣高得離譜幾乎是確定的。

呃，我覺得自己也非常可愛喔？

永遠的十七歲喔？

可是，萊卡卻是散發出身良好，大約十三歲的龍族女孩呢！

這樣子贏不了啦！以相撲而言算是橫綱耶！

只要不會受傷，客人也希望橫綱不要休息，一直出場！

萊卡雖然嘆了一口氣，不過隨即雙手緊緊握住，然後睜大眼睛。好像啟動了某種開關。

「吾人知道了！也為了平時關照的各位村民，吾人會發自內心待客的！」

「雖然很感謝妳的心意，但其實不用這麼熱血沒關係啦……？」

從這方面表現出萊卡的個性呢。

對她而言，懶散漫不經心應該比較難。如果渾渾噩噩的話，身體可能會產生排斥反應，弄壞身體。

「那麼，今年也朝開設咖啡廳『魔女之家』的方針努力！去年都辦過了，應該沒問題！」

搭高臺的村民聽到這句話，紛紛歡呼「太棒啦！」「不如說比舞蹈祭當天更精華耶！」

呃，關於這一點，請好好珍惜舉辦了兩百五十年的祭典喔。

◇

我回到家後，與家人提起咖啡廳的計畫。

由於家人比去年祭典的時候更多，因此有必要再次確認。

「我完全沒有任何問題！像是端茶杯可以靠幽靈的力量勝任！」

羅莎莉很乾脆地表示OK。

「端料理給客人很麻煩，但主人吩咐我就照辦。將煩人的客人冰起來就交給我吧！」

讓芙拉托緹待客的話多半會惹出麻煩……

「開店？要開就自己開啊。反正我會在菜園裡自由地生長。」

早就大致猜到桑朵菈會這麼說了。

我並不打算強制讓她參加，況且即使看起來像腳，她依然用根部行走，應該比我們更加疲勞。連外表都是最年幼的，說起來讓她工作才算是犯罪吧。

我的兩個女兒與哈爾卡拉理所當然表示願意幫忙。

「那麼，就以開設咖啡廳『魔女之家』第二彈的方向進行吧！大家，多多指教囉！」

法露法與哈爾卡拉發出「噢——！」的呼喊聲。她們兩人興致勃勃。

「機會難得，其實想辦得比去年更加升級，但畢竟不是正規的店家，可以不用想這麼多吧。」

這時候哈爾卡拉用力舉手。

「有喔！我有幾項特製魔菇料理的點子！大量使用三十六種蘑菇，徹底享受蘑菇的全餐喔！」

「啊，這樣有危險，還是算了。謝謝妳事先申報。」

「咦？師傅大人，絕對、絕對不會加入毒菇的啦！絕對沒問題的啦！」

這是愈強調絕對不會的人愈可疑的法則。

總覺得這已經快變成哈爾卡拉的獨特哏了，但她本人似乎是認真的。

不如說，毫無自覺症狀這一點才是問題……

「哈哈哈，我一直相信哈爾卡拉喔。從來沒有懷疑過喔。不過，凡事難免有萬一嘛。哈哈哈哈哈。」

「乾笑透露出強烈的說謊感耶！」

有什麼辦法。因為我就是在說謊啊……

「菜單維持去年不變應該沒有問題。更何況只營業一天，應該也會有人想點與去年不一樣的菜色。再增加的話會讓客人轉移注意力。」

萊卡提出建設性的意見。她說得完全沒錯。

「芙拉托緹認為超大盤料理才好！」

「妳偶爾也會說出正面意見呢。這樣還不會增加菜色數量，就追加特大份服務吧。」

萊卡很乾脆地贊同。關於吃這方面，兩名龍族倒是相當有默契呢。

◇

然後過了幾天。

向服飾店訂製芙拉托緹專用的女侍服，幫她準備一套。

「總覺得整體而言好緊喔……」

芙拉托緹的表情顯得不太開心，尾巴左右晃動，但適不適合又是另一種問題了。

換句話說，就是非常適合。

「芙拉托緹小姐，好可愛喔！」

「顯得十分協調。應該有幾分黃金比例。」

法露法與夏露夏兩個女兒首先讚美。

她們兩人會坦率地表示意見，所以說的多半不會錯。而且，兩人都心地善良，果然不會有問題。這不是溺愛女兒，而是單純的事實。

「是、是嗎……？個人覺得很難活動，既然這樣乾脆全裸比較好……」

「怎麼可以全裸呢！還有，拜託可別弄破了！這件衣服相當昂貴呢！」

芙拉托緹對這方面的事情十分隨便，要提醒她。

「放心吧——噢，差點碰到了藍莓果醬的瓶子。危險，危險。」

天啊，好可怕，好可怕！讓個性粗枝大葉的女孩穿實在心驚膽跳耶！

接著是羅莎莉。

羅莎莉的情況是以魔法解決。

以前我曾經以魔法將羅莎莉的服裝變成禮服。當時不論製作魔法，讓魔法成功都花了一番苦心。

因為羅莎莉本人必須要有自己穿禮服的印象，否則幽靈的服裝無法改變。

這一次倒是比上次更輕易變更了衣服。

可能因為這次大家都穿同樣的服裝，羅莎莉也比較容易想像。

「噢噢！輕飄飄的女侍服呢！我一直很嚮往這樣穿呢！太好啦！」

說不定羅莎莉是家人當中最興奮的人也說不定。

的確，幽靈難得有機會打扮時髦呢。

不論人類與幽靈都一樣，愈是自己得不到的東西愈想要。

「羅莎莉，如果真的這麼好的話，我也多加練習這種魔法，挑戰讓妳每天都能穿不同的衣服喔。」

「呃，大姊……這就太過意不去了……真要說的話，這也很依賴我的想像力……」

碰到這種時候，羅莎莉總是客氣推辭。

這種魔法不只靠我的技術，羅莎莉也是成功因素之一，所以困難度很高是事實，但總有一天我希望能讓羅莎莉可以自由打扮。這是今後的課題。

另一方面，接續去年繼續參加的成員，倒是十分穩定。

首先是我。應該相當可愛吧，十七歲的外表萬歲。應該不會太糟糕。

接著，換哈爾卡拉。

「今年胸部還是一樣緊……不如說，好像比去年更緊了……」

「可以解釋成這是在向我挑釁嗎？」

為什麼過了一年，胸口會變緊啊……又不是成長期……這到底怎麼回事……？

啪噠——

哈爾卡拉衣服上的一顆鈕釦，飛到我的臉上。

「……竟然真的攻擊我……果然是故意的嗎……」

「不是的，師傅大人！我真的是無辜的！」

哎，她乾脆不小心吃下胸部會縮水的毒菇算了……

然後是兩個女兒。

嗯，非常可愛。

「穿這種衣服轉圈圈的話，會變得輕飄飄喔！」

法露法在房間內旋轉。看她開心真是太好了，不過要小心藍莓果醬喔。應該說很危險，還是先將果醬收起來吧……

夏露夏倒是靜靜坐在椅子上，正在冥想。

不論穿上什麼衣服，這方面的行為似乎都不會改變。

「呼……呼……」

原來不是冥想，只是進入夢鄉而已。

總是會有想睡覺的時候吧，好好睡喔。

※另外，桑朵拉表示「沒興趣所以不穿」，回到菜園去。從這方面看來，她真是自由呢。不過畢竟是植物，沒辦法。

——最後則是上一次，聚焦度第一名的萊卡。

「果然，這種衣服不論幾次都穿不慣呢……讓人心神不定……」

略為紅著臉的萊卡表示。

似乎連雙腳也比平常更加內八字。

「去年已經很棒了——不過今年也不錯呢。」

舉手投足無一不是神的領域。如果我是中學男生的話，早就一天告白三次了。雖然在第三次左右多半會被火炎燒。

「嘩……萊卡小姐的女侍服模樣，果然好深奧呢。」

連哈爾卡拉都看得一臉陶醉。

美得不論男女都會看得入神。

「也對，而且還散發出堅強的感覺呢。不像哈爾卡拉這種胸大就是正義的進攻姿勢，有種不一樣的高雅感呢。」

「師傅大人，您該不會對我懷恨在心吧……？」

結果被哈爾卡拉念了，看來我在無意識中說話帶刺。

「哈哈哈，心裡當然會嫉妒啊，這還用說。哈哈哈。」

「請不要乾笑承認好嘛！我又不是心甘情願胸部這麼大的！」

「可是我還是會嫉妒啊！明明狩獵史萊姆等級提升了，但胸部卻毫無成長耶！」

人類會渴求自己沒有的事物。這是人之常情。

「總之，先不論師傅大人的怨恨——」

這個話題就被哈爾卡拉帶過了。

「萊卡小姐與芙拉托緹小姐，站在一起是不是格外好看呢？」

哈爾卡拉真的察覺到很不錯的地方呢。

兩人正好在站在一起。

「亞梓莎大人，視線請不要太集中……」

「主人，怎麼了嗎？」

兩人可能只是偶然站在一起，不過芙拉托緹站在身旁，讓萊卡的優秀更加顯眼，芙拉托緹的個性與活潑似乎也十分凸顯。

說起來，就像在西瓜撒鹽一樣。

另外，我也尊重在西瓜上撒砂糖的人。

「這有可能奪取天下呢……」

我在腦海中想像讓兩人當偶像出道。

堅強可靠的萊卡，以及始終馬虎的芙拉托緹。

兩人調和在一起時，就會產生化學變化！

偶像名稱叫做「雙龍女孩」！

我還真是沒有命名品味呢……

總之，真的非常棒。

「好，試穿到此結束吧。當天也拜託大家幫忙囉。」

不過，這時候，彷彿早已等待多時，一個人影從走廊出現。

「還沒結束哪！」

從走廊進入餐廳的，竟然是別西卜!?

雖然聽到口氣的當下，不用看也知道是誰……

可是，還有另一項重點。她穿的不是平時像戰隊作品的邪惡女幹部服裝，而是女侍服。

雖然我們的服裝不是現成品，但看起來幾乎一樣。基本上已經確立了女侍服的款式吧。

「別西卜，妳會穿這套服裝，代表妳要來幫忙嗎？」

「答對啦。小女子已經申請好帶薪假，所以沒問題！」

這麼積極的幫手可不多見呢。

她對咖啡廳也傾注太多熱情了吧……

「我知道了。那麼今年，從一開始就讓妳工作吧。」

上一次別西卜的機動力真的幫了大忙。

讓原本差點忙不過來的咖啡廳營業到關店時間，都是多虧她。
「看來今年也能毫無問題地結束呢。哎呀，太好了，太好了。」
「不過，可不只有這樣哪。」
別西卜挺起胸膛表示。
怎麼回事……？難道她想在菜單裡加入魔族的超辣料理之類？
——這時候，有人從走廊蹦蹦跳跳，同時開心地前來。
「呵呵，呵呵～♪怎麼樣，姊姊大人，我的服裝可愛嗎～♪」
佩克菈非常開心地身穿女侍服登場。
「之前就覺得妳可能會來，結果真的跑來了！」
哎呀，的確很合身呢。
與其說真的很可愛，不如說像佩克菈這樣宛如洋娃娃的女孩穿上女侍服，模樣甚至有一種難以言喻的奇異趣味。
這些先姑且不論——
「連哭泣的孩子都怕到不敢哭的魔王可以待客嗎？這可是不折不扣的服務業耶？」
即使已經深刻體會過，佩克菈並非在王座上耀武揚威的類型，但這次也太極端了。
「當然喔！我早就想體驗一次當店員的感覺了～不過呢，原本想在范澤爾德城下舉辦，卻被其他人勸阻了。」
當然會勸阻啊，畢竟是魔王嘛。
「所以，在人類的土地上應該完全不用擔心，才會跑來幫忙喔。啊，附帶一提，聽說去年有設置陽臺座位，因此今年我打算大幅增加戶外座位數。反正還可以設置擋雨棚，只要沒有暴風雨，就不會有問題。這些作業也會由魔族幫忙完成，姊姊大人妳們儘管放輕鬆吧。」
「……嗯，謝、謝謝妳。」
即使我嘴上道謝，但這樣真的好嗎？
感覺好像完全沒經過我同意就改造耶……？
「另外我還準備了新菜單的試吃品，妳們兩個，都過來吧～」
在佩克菈的催促下，這次是法托菈與瓦妮雅抱著盒子走過來。
附帶一提，兩人都穿女侍服。
「這裡面裝著料理。妹妹已經改良成符合人類的口味，應該不會無法接受吧。」
法托菈一臉認真，說得極為理所當然。
之前穿女侍服的成員中，她散發出最正牌的女僕氣氛。
比起在女僕咖啡廳工作，在蛋包飯上寫「最喜歡♥」之類的類型，還是這種瀟灑又眼神酷酷的類型比較好。如果主人做出奇怪的事情，不會縱容反而會斥責（這是個人感想）。

「凡是料理的事情，就交給我來吧！」

瓦妮雅自信滿滿地表示，不過她的確是廚師，也不是不能體會。

「有種原本以文化季的興致舉辦，結果跑來職業大廚的感覺呢……」

哈爾卡拉拍了拍我的肩膀，與我交頭接耳。

「這個……再這樣下去，咖啡廳可能會被鳩占鵲巢喔……不如說，感覺已經有八成落入她們的手中……」

「我也這麼認為……」

就像百分之五十一的股份被搶走後，對經營權指手畫腳的情況。

「可是畢竟只有一天而已，盡量熱鬧一點也沒什麼不好吧。放手去做吧，好好做！」

我調整想法。反正事到如今，也無法拒絕魔族參加。

萬一她們存心對抗，在一旁開設咖啡廳『魔王與魔族之家』之類，那才真的傷腦筋。

「況且，今年比去年規模更大是確定的。其實正好呢。這麼一來，客人也絕對會感到滿足。做為一年一度的活動其實也不壞。」

「對呀。乾脆盡情地盛大舉辦吧！」

哈爾卡拉似乎也接受了。

「乾脆多製作一些特製蘑菇料理，讓客人實際體會到蘑菇的優秀與種類多樣——」

「啊，真的別這麼做，禁止用蘑菇當食材。」

我略為恢復平時的表情說。

「既然是祭典氣氛，不是盛大一點比較好嗎？」

「萬一造成一堆人食物中毒，明年就無法繼續舉辦了吧。如果要提供蘑菇料理，就要禁止哈爾卡拉妳參與。這可不是開玩笑的。」

「禁止工作人員參與很奇怪吧！」

如果不做得這麼徹底，就無法確保客人的安全。我必須保護客人的生命安全才行！

不過，肯定會是一場開心的活動。其實已經相當開心了。

「那麼，大家當天鼓起幹勁，好好努力吧！」

「「好～！」」

大家一起舉手高呼。

說了這麼多，還是有強烈的文化季攤位感覺呢。

◇

於是，日期也逐漸接近，今年同樣開始正式準備咖啡廳『魔女之家』。
不過，也太正式了。
多到幾乎數不清的桌子，壯觀地排列在高原上。
至少肯定不止二、三十張。
可能上看三位數也說不定。
另外，要問到底從哪裡準備這麼多的桌子——
在我們的頭頂上，巨大的利維坦飄浮在空中。
沒錯，是讓恢復利維坦原形的瓦妮雅身上，載著大量桌椅等備品，從范澤爾德城送來的。
因此規模已經大得十分離譜。
另外在營運方面，由法托菈與別西卜下達指示，讓不知道是職員還是工讀生的魔族們進行。
「那張桌子，位置偏離了。再稍微往後方搬一點。」
「如果有椅腳鬆動的椅子，就拿過來吧。與備用的交換。」
這方面倒是很有高等魔族的架式，熟練地下達指示。

還好我們只需看著餐桌在高原上逐漸擺滿的過程。
總覺得，讓人想起百貨公司樓頂的庭院式啤酒店……已經變成這種規模了呢……
她們究竟打算容納多少人啊……
絲毫沒有高原的時髦咖啡店氣氛。
其實這樣倒還好，但好像明明立志開手擀蕎麥麵店，不知不覺卻變成名產餃子連鎖店，感覺概念不一樣。
「怎麼這麼吵啊……根本沒辦法安靜地光合作用嘛……」
移動在土壤中，桑朵菈在我的身旁探出頭來。
「抱歉喔，因為比原本預料中大幅度變更了規模。」
「唔。算了，反正似乎是一年一度的活動，無妨。」
桑朵菈板著臉看著設置一段時間後，沒多久就不知道跑哪去了。
她似乎有什麼話想說。
這時候萊卡與哈爾卡拉回來了。
「咖啡廳『魔女之家』的廣告，已經貼在附近的鎮上囉～！」
我讓兩人貼出舞蹈祭前一天，要開設咖啡廳『魔女之家』的廣告。
「即使是不太可能從那麼遠特地趕來的遠方城鎮，也暫且依照師傅的吩咐張貼了。範圍會不會太廣了呢……」

雖然萊卡半信半疑，但我個人判斷這樣剛剛好。

「畢竟座位數那麼多，空蕩蕩也滿寂寞的。有魔族做後盾應該辦得成，盛大一點吧。」

◇

然後到了咖啡廳『魔女之家』當天——雖然想這麼說，但從前一天就已經發生異狀。

萊卡前去偵查後，發現弗拉塔村早就擠滿了人。

反正人潮從舞蹈祭開始前不久就來也不稀奇，在咖啡廳『魔女之家』開設前一天，也就是重頭戲的祭典前兩天就會有攤販林立。

話說回來，卻並非過去的規模。

房間數量沒有那麼多的旅店早就擠滿，甚至有人睡在走廊上。

不只是這樣，開始在空地露營的人數也愈來愈多。

哈爾卡拉表示，連距離弗拉塔村不遠的納斯庫提鎮，似乎都增加不少搭乘大型馬車前來的人。

因此，我已經預料到當天會有什麼樣的盛況了。

當天早上五點。

由於有不好的預感，我提早就寢，凌晨四點五十分起床。附帶一提，我也讓其他家人晚上早點睡。

走出屋外，預感果然成真。

神祕隊伍已經形成，長到甚至看不見終點。

如果隊伍繼續再排下去，該不會真的延伸到弗拉塔村吧……

「這麼多客人，真的消化得完嗎……？」

難道當初不應該宣傳嗎？

不，問題不在那邊。光是這樣不可能有如此誇張的人數前來。

可能是去年來過的人們口耳相傳，具備驚人的宣傳力量吧。

「看來，戰鬥已經開始了哪。」

後方傳來別西卜的聲音。她已經換上女侍服，意思是自己已經準備萬全了嗎？

「交給我吧。我和妹妹今天都會視為工作，好好努力。」

法托菈也跟著出現。

噢，她們將這當成工作啊。

「我現在去叫瓦妮雅起床，早上五點半開始也能營業。連早餐都能對應。」

呃，日本的確也有從早上五點或六點開始營業的咖啡廳，或許也有人每天吃這些店的早餐後才上班，但這與咖啡廳的範疇又有微妙的不同！

當初我並非以這種專做在地生意的店家為目標……

我原本是想開時髦的咖啡廳耶……

雖然店的規模已經達到庭院式啤酒店，只能打消朝那種方向發展的念頭……

「不過，讓這麼多客人等待也過意不去……沒辦法……就改成大約早上七點開門吧……休息採取隨時制。」

「唔！交給小女子吧！小女子會讓咖啡廳『魔族之家』生意興隆的！」

「嗯……妳剛才說什麼？」

「咖啡廳『魔族之家』……噢，是咖啡廳『魔女之家』吧。」

真的在下意識中鳩占鵲巢耶！

「算了，不管啦！儘管來吧！只要客人感到滿足就ＯＫ了！」

我下定決心。

首先，六點叫醒還在睡覺的家人。

話雖如此，六點時除了芙拉托緹以外，所有人都已經起床。

連桑朵菈都在餐廳露面。

「總之，妳們好好加油吧。我看著動物辛勤工作的模樣就好。」

「看在植物眼中，全部都算是動物吧……」

「今天即使完全不理我，我也不會抱怨，妳們就努力吧。」

說到這裡，桑朵菈便開始看起孩童看的書籍。

雖然口氣不小，但為我們加油打氣的心情是貨真價實的。

好，咖啡廳『魔女之家』，今年也同樣開幕啦！

今年咖啡廳同樣開幕了

She continued destroy slime for 300 years

我們各自前往自己的崗位。
另外我負責的是主任。
工作內容是整體統籌，下達指示。規模變得這麼大，如果沒有這種類似總監督職位的人，會造成現場一團亂。
我首先前往店的入口。
法托菈站在這裡，負責引導客人。
「接下來為您帶位。請問幾位呢？三位是嗎？那麼請坐室內的座位。人潮眾多時的用餐時間為一個半小時，可以嗎？好的，為您帶位。」
好像芳鄰餐廳的應對方式……
畢竟如果不公事公辦，不斷消化客人的話，會有多到應接不暇的客人前來，沒辦法。
幽靈羅莎莉讓裝了水的杯子飄浮在空中，端給被帶位就座的客人。

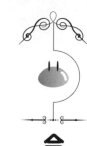

「水來了～如果決定好要點什麼，就請搖響那個小鈴鐺。由於幽靈的聽力很好，幾乎都聽得見。如此一來，就會派手邊有空的店員前去應對。」

還設置了類似呼叫店員用的響鈴。

愈來愈像芳鄰餐廳了耶……

雖然才一大早，室內的座位卻轉眼坐滿，連室外席也接二連三有客人就座。

隊伍長到翻桌一次都消化不完。而客人似乎以為原本更晚才會開店，因此沒有抱怨之類的申訴。

至於廚房的情況，早已忙得手忙腳亂。

萊卡與芙拉托緹正忙著製作料理。

另外，瓦妮雅目前正在其他地方負責調理。

從製作分量來看，光靠自家的廚房都完全供不應求。

「幫我拿紅蘿蔔！」

「那妳自己去拿啦！我也忙著切高麗菜耶！啊，將培根遞給我！」

「妳剛才都不幫我拿紅蘿蔔還說。請妳自行負責！」

「唔唔唔！所以我才討厭紅龍嘛！」

兩人拌嘴拌得正起勁。該不會是分配有誤吧……

「無論如何，我都會做得比萊卡更好吃！」
「吾人也會做出比妳更美味的餐點！」
……結果兩人反而相互較勁，或許這樣比較好？
「哼，看我找機會偷偷放蟲子在萊卡的料理中。」
我突然站在芙拉托緹的身後。
「剛才那句話我聽見囉，芙拉托緹。妳可以再說一遍試試看嗎？」
「啊，呃……開玩笑的，主人……我怎麼可能做出害客人受傷的事情呢……哈哈哈……」
果然我剛才盯著是正確的。
「還有，如果妳們真的在廚房裡吵起來，我就連續三天準備只有蔬菜的超健康三餐當作懲罰喔。」
「怎麼可以！沒有肉的餐點，就像沒有水的河川一樣！」
肉類的重要程度還真高啊……
「那麼，妳們兩人都好好加油吧。等一下點餐同樣會如雪片傳來，做好心理準備吧。」
「製作料理也類似修行。吾人不會輸的！」
萊卡渾身充滿幹勁。呃，其實不用當成修行沒關係啦。

兩個女兒也在自己能力範圍所及努力。不如說，可以稱為即時戰力了。

「重複您的點餐！洋蔥湯兩份、起司黑麥麵包兩份，還有『食用史萊姆』五顆！好的！請稍後片刻喔！」

法露法似乎很嚮往咖啡廳，絲毫沒有遺漏。

「客人點餐了，洋蔥二，黑麥二，食萊五！」

廚房傳來萊卡「非常樂意！」的聲音。

拜託別喊「非常樂意！」好嗎！好像活力過度的居酒屋耶。

由於夏露夏不擅長待客，因此以收拾餐桌等工作為主。

即便如此，還是傳達出想盡一份心力的幹勁。

「重視效率性、重視效率性……事先將盤子放在這裡，每個盤子就可以節省三秒……」

還說著好像芳鄰餐廳總部指導員立場的話呢……

接下來，回到座位區看看。

「欸，推薦菜單嗎？我們這邊什麼都很推薦喔～♪附帶一提，使用了優質雞肉，美味會頓時在嘴裡擴散喔！」

從平時的態度很難想像，但這聲音是別西卜。

待客時連口氣都改變，完全是個熟練的作業員。
可是還有女孩更勝一籌，甚至有點超過。
「那麼，準備好囉！拜託各位一起來！變美味吧～！」
佩克菈正在表演類似女僕咖啡廳的傳統習慣。
確實以手比愛心符號，對料理發射變～美～味光線（這個詞是我剛才想出來的）。
「咦？我住哪裡嗎？離這裡很遠喔～家裡還算有點錢，因此可以相當自由地隨心所欲吧～」
這已經不是有錢這種等級了吧！
妳是魔王耶！
佩克菈完全樂在其中呢。
徹底扮演某種相異的立場，看來是非常開心的一件事。
然後，在野外的某一處，默默地飄起一股煙。
不知情的話看起來像火災或焚燒枯草，但其實並非如此。
該處是瓦妮雅的戶外廚房。
「好的！肉排烤好囉～！來啦，來啦！」

© Benio

從鐵板上竄起熊熊燃燒的火炎，那塊鐵板多半是她帶來的吧。
至少我們家沒有那種東西，一般家庭是不會有的。
瓦妮雅手腳俐落，唰唰唰切開烤好的肉。
「好的！肉排烤好了！」
從座位上觀賞過程的客人紛紛鼓掌。
這邊居然變成了像是鐵板燒的店家！
已經變成應有盡有的混沌狀態。甚至不是咖啡廳了。
反正，客人毫無疑問似乎十分滿足，就當作ＯＫ吧……
還有，我差不多開始在意其他場所了。
目前是第一輪的客人接連用餐完畢，逐漸離場的時間。
盤子之類會一口氣回籠，洗碗處問題吧……？
畢竟洗碗處沒有經常性的專人負責。有狀況的話我得支援。

於是，我急急忙忙回到洗碗處。
結果，發現盤子正以高速清洗中。
而且洗好的盤子立刻以抹布擦乾水分，整齊排列放好。這樣就能立刻再度使用。
有個正在獨自完成工作的高手負責。

是前史萊姆的武史萊小姐。

「噢，亞梓莎小姐，辛苦了！不論有多少餐具來到洗碗處，我都會用武史萊流洗碗術收拾乾淨！」

「這已經和武道無關了吧。」

不覺得並非凡事都冠上武史萊流就可以喔。

「哎呀～畢竟我也洗了這麼久盤子，其實還滿有自信的喔。」

即使一邊說話，武史萊小姐的手依然動手清洗。看起來絲毫沒有多餘。

而且擦乾水的盤子也像全新的一樣亮晶晶。

這是即使時間短，依然徹底洗淨的結果吧。

看來洗碗處交給武史萊小姐一個人就行了。

「妳是怎麼學會這項技能的？」

「是以前剛學會維持人類身體後不久，缺錢的時候設計出來的。」

為什麼會扯上缺錢？

「因為啊，去餐館吃喝也沒有錢，當然付不起帳單囉。因此以洗盤子支付餐飲的金額，拜託店家網開一面。」

「真的與武道無關耶！」

「以武道活動身體後，連維持身體都需要相當程度的飲食。吃得太馬虎就無法締造結實的肉體了。」
雖然她似乎言之成理，但我還是不為所動。
「訣竅在於不管金額多少，大方地吃吃喝喝。如果糾結於沒錢的話，會顯現在態度上。結果店家就會懷疑，這傢伙該不會身上沒錢吧，導致不肯端出料理來。」
我想聽的可不是這種訣竅。
「一旦吃下肚，就隨我喊價了。只要表示沒錢付，洗盤子抵帳的話，店家也會屈服。」
「原來是慣犯喔。」
簡直翻臉像翻書嘛。
不過這麼一來，各自的負責崗位就都順利運作了。
哈爾卡拉來到廚房。
「萊卡小姐，差不多該換班囉。大廳就拜託妳了。」
「知、知道了。吾人會盡心、盡、盡力的……」
萊卡似乎有些心神不定的模樣。還是去確認一下比較好吧。
原因顯而易見。
萊卡一出現在大廳，客人的視線頓時聚焦在她身上。
還不止這點程度而已。一走出屋外，特地來看萊卡的客人馬上起立，最後還接近萊卡。

「這就是那位美少女嗎！」「雖然有聽過傳聞……」「萊卡妹妹，萊卡妹妹，看這邊喔！」「太棒啦！終於見到本尊啦！」「好可愛，好可愛！」

好像知名外國藝人來訪的反應喔！

「請、請不要這樣……吾、吾人才、才不可愛呢……是大家誤會了……」

這真的不是誤會啦。

萊卡很可愛。非常可愛。

而且連這種似乎很難為情的模樣，都讓可愛更上一層樓。

話雖如此，想不到會誇張到如此程度……

「在王都聽說這裡有世界第一美少女，想不到是真的。」「這可得留下紀錄才行呢。」「應該參加王國美少女比賽。」

事情好像愈來愈大條了……

該怎麼說呢，萊卡，抱歉……一天就好，拜託忍耐一下……

即使有一些小問題，但咖啡廳『魔女之家』本身倒是已經上了軌道。

接下來只要努力到關店休息即可。

隊伍還是一樣大排長龍——

「請在這裡寫下代表人的名字與人數。呼叫的時候如果不在場的話，會先幫下一位客人帶位，敬請見諒。」

不過法托菈適當地管理隊伍，因此並未惹出麻煩。

我也一邊從事擦桌子等可以環顧全場的工作，同時加以留意，但應該不用太擔心吧。

由於到了自己的休息時間，我回到家裡的飯廳。

這裡並未設置成咖啡廳，終究是家人的休息空間。

桑朵菈在飯廳的地板上滾來滾去，一邊看書。

其實規矩地坐在椅子上比較好，但她年紀還小，又是植物，不用太嚴肅告誡她。

「怎麼了，休息？」桑朵菈的視線望向我。

「對啊。因為已經流暢地工作過，接下來只要反覆到關店休息為止。」

一年一次倒還好，但是營業日天天這麼忙碌的餐飲店真的很辛苦呢。我實在做不來。

不過，聽到我回答的桑朵菈，表情看起來有些寂寞。

「是嗎？凡事都妥善地進行呢，其實很厲害啊。」

噢，這肯定是那個意思吧。

我前往自己的房間，悄悄拿出事先準備好的東西，回到飯廳。

「桑朵菈，方便的話能不能幫忙一下大廳？這麼一來其他人也比較容易去休息，算是幫我的忙呢。」

桑朵菈迅速抬起頭來。從她的表情看來，也立刻得知她感興趣。

果然，與其說她是傲嬌，其實是不擅長表達自己的心情吧。今後也得好好鼓勵她才行。

可是，桑朵菈的表情再度冷淡下去。變回平時愛理不理的模樣。

「可是，沒有女侍服之類的吧。這麼一來，豈不是只有我感覺怪怪的嗎？看起來像臨時湊數的……」

意思是，她想穿女侍服嗎？

哎呀，還好我是先有準備。

我將桑朵菈專用的迷你尺寸女侍服秀給她看。

「噹噹～訂製芙拉托緹的衣服時確實幫妳準備了一套喔！」

看得出桑朵菈的眼神閃閃發光。唯有這時候桑朵菈會露出純真孩童的表情。

「那、那麼……要我幫妳的忙也可以……」

「嗯，務必拜託妳啦！」

桑朵菈一出場後，客人又傳出「那個小女孩是誰啊！」「是期待的新人面孔呢！」之類的呼聲。整體而言店裡有好多情緒亢奮的客人呢……

雖然桑朵菈的動作不太習慣，但她十分努力地完成交給她的工作。

連一旁看著的客人都幫她加油。

嗯，今年的咖啡廳『魔女之家』一樣非常成功呢。

◇

最後的客人也在晚上七點後離去，咖啡廳『魔女之家』的營業順利結束。

雖然菜單包含肉排等讓人懷疑是不是咖啡廳的要素，但咖啡廳端出奇特的料理也不錯。

「乾杯～」

在飯廳嫌太擁擠，因此我們將設置在外頭的餐桌併攏，開慶功宴。

雖然也有人沒辦法飲食，不過這時候，最重要的是乾杯的儀式。

「哎呀，工作結束後來一杯真是太棒了哪。」

別西卜大口大口喝酒。只不過別說是工作，別西卜甚至特地動用有薪休假，跑到這裡來幫忙，讓人覺得她還真熱心。

但即使在日本，假日跑去爬山的人也不少見，只要是喜歡從事的活動，或許都沒問題。

「開店真好啊～我記得自己好像表演了三十次左右『變～美～味～吧！』喔。」

魔王在這方面，倒是挺坦率的呢。

利維坦姊妹也暢快地喝著酒。

她們兩人終究是來這裡工作的。

武史萊小姐仔細地數著錢幣的數量，可能是打工費吧。

身為武鬥家，卻不挑工作呢。

萊卡與芙拉托緹一邊喝著酒，同時聊個沒完。

她們兩人，果然關係不錯呢。

剩下的家人則早已就寢。

不知為何沒必要睡覺的羅莎莉都睡著了。

羅莎莉表示，一直從事端杯子與料理的工作，產生了疲勞感。原來連幽靈都會疲勞啊。

哈爾卡拉這次則是早在喝酒前就進入了夢鄉。

由於許多家人早起，似乎也有影響。

兩個女兒與桑朵菈三人一起發出酣睡聲。

即使多少有些疲勞，但果然還是該舉辦咖啡廳『魔女之家』。

家人逐漸變多後，身為家人的整體感就逐漸變得淡薄。雖然不至於這樣就關係變差，可是……會很難像這樣所有人聚在一起做什麼事。
比方說即使是家族旅行，三人家庭與十人家庭的難度也不一樣。
人數愈多，就愈難全員一起做些什麼。
即便如此，關係冷淡到只剩下住在同一棟建築物也很寂寞。
這種時候，大家一起開店或許剛剛好也說不定。
日期事先調整成舞蹈祭的前一天的話，只要舞蹈祭沒有廢除，就能半永久地當成一年一度的活動。
為了慰勞辛勞，我來到利維坦姊妹身邊。
多虧各位魔族的合作，才能消化大量客人直到最後。
「謝謝妳們。雖然已經超越興趣，變成一項大計畫，不過感謝妳們的合作。」
「不會，畢竟這也是工作。農業大臣祕書官的工作範圍很寬廣的。」
法托菈認真地回答。怎麼想都覺得，這不算祕書官的工作吧。
「我則是想起了校園生活。很開心喔～」
瓦妮雅這句話讓我領悟到某些道理。
對啊，這麼多人聚在一起做什麼事，只有在學校裡才有可能呢。
以前當社畜的生涯中，一直只與眼前的工作奮鬥。
已經很久沒有經歷過集結大家的力量，完成某件事情了。

「嗯，祭典就是這樣的東西啊。因為是祭典，大家才會聚在一起，盛大地舉辦吧。」

即使某個村民突然表示，某月某日熱鬧地做什麼事情，效果也很差吧。頂多只有朋友會來，就此結束。

但若是祭典，大家自然而然會為了這一天合作，而且確實樂在其中。

我早就想在家人與朋友之間舉辦慶典了呢。

「瓦妮雅，妳變聰明些了呢。」

「嗯？」

瓦妮雅一臉不解。

佩克菈已經在草皮上仰躺成大字形。雖然這不是魔王應有的態度，但她依舊露出非常棒的表情。

「啊～偶爾從事這種身分卑微者的工作也不錯呢～」

「別說什麼身分卑微。」

我坐在佩克菈身旁。

「姊姊大人，魔王這份工作根本沒有什麼身體勞動嘛。可是身體不動一動的話，還是會生鏽呀。」

「或許是這樣沒錯。光是發號施令的工作可能不有趣吧。」

「因此，請姊姊大人再舉辦些什麼活動吧。我也會盡可能規劃喔！」

佩克菈坐起身，倒在我的身上。好像主動黏人的貓咪一樣。

「我會妥善處理的。雖然具體上什麼都還沒決定。」

「不可以打官腔啦～要對妹妹發誓！」

「好啦好啦，知道了，我知道了。」

我拍了拍佩克菈的頭。

「唔～總覺得被輕描淡寫帶過了呢……姊姊大人最近愈來愈老神在在，逗弄起來一點都不有趣……」

雖然佩克菈嘴上抱怨，但原來之前一直想逗我啊。

身為姊姊得懲罰她一下才行。

我再度輕輕拍了拍她的頭。

「呵呵呵～與姊姊大人身體接觸呢～被姊姊大人教訓了呢～」

「拜託，妳這種興趣有點詭異耶……」

這時候別西卜紅著臉走過來。

別西卜很能喝，不過酒量很強，所以不會醉倒。

「哦哦，完全酒酣耳熱了哪。」

「別西卜，妳的上司很礙事，幫忙想想辦法。」

「魔王大人，明天還有許多事情非做不可，今天就先這樣如何。」

別西卜這番話引起我的注意。

明天還有許多事情要做，究竟是什麼意思……？

當然，明天是舞蹈祭沒錯……

「也對。為了明天，今天就先到此為止吧。呵呵呵～」

佩克菈好不容易起身後，再度蹦蹦跳跳，飲用醒酒用的水。

當天也讓魔族睡在賓客房或空房間，大家一起在高原之家過夜。

已經快變成旅館了呢。

「看來有機會舉辦旅店『魔女之家』呢。算了，這實在太麻煩，還是不要吧……」

魔族也參加了舞蹈祭

隔天早上，由於人數實在太多，因此早餐在小木屋風格區的共用空間享用。

這一部分區域，是萊卡以前破壞我家部分後改建而成。與原本的建築區直接連結。

以家的面積而言，這邊比較寬廣，私人房間基本上都集中在這裡。

只不過，平時用餐都在距離廚房不遠，原本建築物的飯廳內。

因此寬廣的共用空間本身，只有在開設咖啡廳等時候才會使用，但如果有這麼多人就剛剛好。

當天在我喊她之前，桑朵菈就來了。

這女孩並非喜歡孤芳自賞，而是想待在有大家的地方。

「我來觀察動物的用餐風景了。」

希望她別用動物這種形容詞一概而論。

「嗯，就當作是這樣吧。」

She continued destroy slime for 300 years

「只能是這麼回事吧，亞梓莎。」

桑朵菈坐在我的腿上。完全是小孩子風格。

法露法與夏露夏都太乖了，有這種頑皮的女兒也非常好。

「昨天多虧桑朵菈的幫忙呢。」

配合我的稱讚，萊卡與哈爾卡拉也表示「非常感謝妳。」「做得非常好喔！」

「還、還好啦……那點程度很輕鬆的……真的，沒什麼大不了……」

桑朵菈今天也沒有威嚇我以外的家人。

希望她能就這樣變得圓滑一些。不確定呢。

然後是今天的餐點值日，但不愧人數眾多，連我們都享有特別待遇。

「哎呀～準備起來真有價值呢～要拿出真本事囉！」

由瓦妮雅準備的正式早餐就此開始。

不斷端出宛如高級飯店的料理，多到甚至覺得一大早吃不完。

當然，吃不了這麼多的只有我或女兒等胃容量普通的人類，兩名龍族倒是毫不在意地大吃。

還有，這種分量似乎連魔族都轉眼間掃乾淨。

「哦，姊姊大人的食量真少呢。這樣肚子不會餓嗎？」

佩克菈明明身材比我嬌小，卻比我還會吃。

「這麼多食物究竟跑到身體的哪裡去了……？」

「話說回來，聽說魔族的新陳代謝劇烈，因此多半比人類更能吃。不過，也有個人差距就是了。」

雖然真相不明，不過別西卜與法托菈都滿不在乎地一大早就吃油脂豐富的肉類料理，因此可以肯定在場有很多大胃王。

「哎呀～大家族真是好啊～」

不用吃東西的羅莎莉，也感觸良多地飄浮在餐桌上方同時表示。

由於羅莎莉有遭到家人背叛後自殺，化為幽靈的過去，因此和樂融融的家族或許是她的理想。

「可能已經沒有留戀了呢……自從來到這裡後一直都能笑容滿面……」

總覺得羅莎莉微妙地愈變愈淡！

「拜託！不可以升天啊！這樣會很傷腦筋的！」

以結果而言會變成我們害死她！我可不希望少了家人。

「我也不想消失，所以會想起過去的恨意，克服難關的！」

完全不明白羅莎莉的決心是積極向上，還是消極保守……

當天的早餐，可能是以前吃過的早餐中最棒的也說不定。

「姊姊大人，等一下我們一起去參加舞蹈祭吧。」

佩克菈來到我身邊開口。

桑朵菈露出略為不悅的表情，真是連魔王都不怕的曼德拉草呢。

「嗯，既然沒有不去的選擇，當然會去囉。不過，和妳們城下町祭典的規模相比，可能小得像在開玩笑吧。」

很懷疑鄉下的祭典是否能讓佩克菈滿足。

「呵呵呵～今年的祭典可能會變得很盛大也說不定～」

總覺得佩克菈露出另有所圖的表情。

「大概有什麼機關吧……」

此外，別西卜表示「這是祭典的零用錢」，將錢交給兩個女兒。

行為完全就是疼愛侄女的阿姨呢。

可是這麼多人參加舞蹈祭的話，實在是太顯眼了。

不過反正已經夠顯眼，無所謂了吧……

「附帶一提，桑朵菈妳要參加舞蹈祭嗎？」

「去看看也不錯。」

必須由我開口才行，傲嬌還真是麻煩。

我們浩浩蕩蕩來到弗拉塔村後，發現村子有格外別出心裁的布置。

◇

歡迎！高原魔女大人諸位！

只見蓋了一座寫著這幾個字的大門。

「嗚哇……好難為情……這是哪個村民的提議啊……」

通過大門後，發現我們的村民主動開口「高原魔女大人萬歲！」「昨天有光顧咖啡廳喔！」

「哎呀呀，姊姊大人果然很受歡迎呢～♪」

佩克菈與我緊緊牽著手走著。

這似乎是模擬姊妹的風格。

雖然不清楚是真是假，但太麻煩了，所以還是聽她的話。

至於另一邊的手則牽著桑朵菈。

這是為了防止她走散。

「走路步調有點快，再稍微走慢一點。」

「好好好，配合桑朵菈吧。」
不知不覺配合了佩克菈的走路速度吧。
「姊姊大人，走的速度有點慢，能不能快一點呢？」
這次換佩克菈說出完全相反的話！
「什麼嘛，妳這個人。真的很煩喔。吼～！」
桑朵菈威脅佩克菈，連魔王都敢威脅喔！
「小孩子在反抗期吧。如果教育她很辛苦的話，倒是有優秀的托兒所，可以找我商量喔～」
佩克菈倒是沒有生氣，眼神卻絲毫沒有笑意。
兩人之間似乎正在上演神祕的大戰……
深入追究多半很麻煩，將重點放在祭典上吧。就這麼決定。
然後，有件事情我立刻察覺。
攤位數量明顯比去年多。
——而且目前在擺攤的人，看起來有不少魔族……
「佩克菈，別西卜，妳們肯定做了什麼吧？」
兩人毫無疑問都露出整人大成功的表情。
「與村子交涉後取得了擺攤的許可哪。可能是南提爾州當地舉辦的祭典中攤位數量最多的。祭典還是要活絡一點才對哪。」

弗拉塔村的祭典居然有魔族撐腰耶！

「沒錯。正好到了該考慮與人類和諧共處的時候，因此就利用這座弗拉塔村做為模範囉♪」

計畫似乎很正當，但肯定是因為有趣而為之吧。

「哎……拜託適可而止喔……畢竟妳們在有些地方不懂得節制呢……」

「好~我們會節制的。啊，那邊有姊姊大人的朋友擺的攤喔。」

遠遠看見「洞窟魔女艾諾的店」的旗幟。

「噢，她又來擺攤了嗎？」

一走近就傳來艾諾本人的吆喝聲。

「來喔，各位，不只有廣受歡迎的『曼德拉草錠』，還準備了各種商品喔！以祕傳的做法製作的各式商品，千萬不要錯過！現在開始三十分鐘！僅僅三十分鐘，購買商品的顧客將贈送三瓶『森之飲』喔！」

居然想出了類似購物頻道的贈品！

總覺得她好像比以前更會做生意了……

似乎已經完全切換跑道至賺錢的方向了。

「這是連高原魔女大人都認可的『曼德拉草錠』！若是弗拉塔村的村民就非買不

可！甚至還曾經拯救過高原魔女大人喔！」

還用我的名字宣傳耶！

不過這並非誇大其辭。之前吃了毒菇變小的時候，確實曾經讓『曼德拉草錠』救過一次……

「艾諾，看來妳真享受人生啊。」

我一露面，艾諾隨即擺出立正的姿勢。

在這方面，似乎感覺到輩分的高低。

「前輩，前幾天造成您的麻煩了……」

噢，曼德拉草那件事嗎？

正好，桑朵菈擺出抗戰到底的架式。

「吼～！吼！汪汪！喵～！吼嚕嚕嚕嚕！」

怎麼全都是動物的叫聲啊！

這也難怪，可能因為不存在植物常發出的叫聲吧……

「啊，我已經不會再狩獵妳了，那位曼德拉草小姐也不用擔心。畢竟我沒有認真與前輩打一架的勇氣！」

「這番話就相信妳吧。妳會來到這裡，代表魔族有徵詢過妳的意見？」

「嗯，沒錯。原本心想太鄉下會不會賠本，但對方說還會出錢，才跑來擺攤。」

沒辦法，弗拉塔村是鄉下。雖然這一點也有好處。

「另外應該也來了各式各樣的人喔。比方說，像是那邊。」

該處有一面「遊戲大賽舉辦中」的旗幟。

「噢，朋德莉也來了啊。」

已經變得有點像同學會了呢……

仔細一瞧，發現桑朵菈已經和兩個女兒往遊戲旗幟的方向移動。

佩克菈與別西卜也在不知不覺中不見人影。

已經變成自由行動了。那些孩子們還真是隨便……

不過，萊卡與芙拉托緹也跑去其他攤位買東西吃而早早脫隊，或許我們家人都有相似之處吧。

只要是在狹窄的弗拉塔村內，走散其實也不是大問題。我獨自朝旗幟走去。

「這是首次在人類的土地上販售喔！本攤經營各種遊戲！十分鐘後還會舉辦桌遊大賽，歡迎各位光臨！」

朋德莉也占了寬廣的面積，擺出各式各樣的遊戲。

村民與來自周邊地區的人稀奇地觀賞，孩子們很快就著迷於體驗版遊戲。

「好久不見了。妳也是被魔族找來的吧。」

「啊，亞梓莎小姐！由於要發表幾款新作，我想介紹才會前來的。」

這位前任墳場警衛（也就是尼特族）的獸人不死族也變得活潑許多。

「這一款就是新作，名叫『尋找不死族』。」

她秀給我幾張卡牌。這名稱的確很像不死族會製作的遊戲。

「玩家扮演抽到卡牌的角色。角色中只有一人是不死族，玩家每回合要討論，決定誰是不死族假扮的村民並處刑。不死族每回合也可以攻擊並殺死一名村民。另外還有幾張特殊的村民卡，不過說明就省略吧。」

這種遊戲好像在那裡聽過……

「總覺得這款遊戲，應該會爆炸性地受歡迎呢。還可以享受心理戰。所以我想大大推廣一番！」

「嗯，我也覺得應該會火。不過別命名為不死族，改成狼人不是也不錯嗎？」

「不，命名為不死族我比較能拿出真本事。規則也是站在被狩獵者的心情，設計得很複雜喔！」

這女孩，上輩子該不會是日本的尼特族吧……

「啊，對了。聽說有名氣響亮的歌手前來，要舉辦演唱呢。差不多要在廣場前的舞臺開唱了。」

我已經看出發展了。提到演奏——

這次換吟遊詩人庫庫嗎？感覺像是能找的都找來了呢。

孩子們都在遊玩，我一個人去吧。

我撥開人群，朝舞臺的方向移動。

村長被拉到舞臺上當司儀。

由於村子人口有限，感覺像是相關人士都出馬，盡可能維持規模變大的舞蹈祭進行。

「哎呀，今年真是往年從未見過的空前盛況，太感激了。接下來是據說在都城大名鼎鼎的這一位獻唱。」

好好好，反正是庫庫吧。

「好像是以偶像系這種類別大受歡迎的佩克菈妹妹！」

「不會吧——！」

完全沒想到這一點！

穿上之前偶像風服裝的佩克菈走上舞臺。

「大家好！我是佩克菈！為了成為魔族與人類的溝通橋梁，今天前來參加舞蹈祭喔！」

從會場傳來村民們天真地呼喊「好可愛！」「佩克菈妹妹！」的聲音，但她是魔王喔……？來了不得了的人物耶？

「今天為了炒熱祭典，還設置了許多攤位喔！各位，有沒有感到滿足啊!?」

會場再度傳來「滿足！」「能做到這種事，該不會是魔族高層？」之類的聲音。

她的確超高層的。不如說，是最高層的人。

「我將來的夢想是成為魔王喔！」

有些觀眾悠哉地表示「為妳加油喔！」，還有「奇怪，那女孩是不是曾經以魔王之名來過村子啊？」這種反應。

總之她已經成為了魔王，很可惜為她的加油都是徒勞無功……

原來如此……怪不得她們怎麼會中途走散，原來是為了這樣啊……

不知不覺中，還看到家人們聲援佩克菈。尤其見到兩個女兒蹦蹦跳跳。

「佩克菈小姐～！是法露法喔～！看這邊～！」

「感覺到狂放的初期衝動。」

似乎是自然而然被這座大舞臺吸引而來。

這時候，發覺佩克菈一臉笑咪咪地望向我。

她的個性就是不耍點花樣就不甘心。

只要在不引發麻煩的範圍內，就儘管去做吧。

畢竟是魔族方面的事情，與我完全無關。

「那麼，要開唱囉！」

佩克菈的曲子還是一樣很魔族，聽起來十分血腥，但曲子倒是非常有流行音樂的風格，中和地恰到好處，聽起來相當不錯。

弗拉塔村以及可能來自遠方，陌生面孔的人們都十分起勁。

村長來到我的身邊。

「哎呀，多虧高原魔女大人的咖啡廳與那位朋友，今年的舞蹈祭是歷年來最盛大的一次呢。真是太感謝了！」

然後深深一鞠躬道謝。

咖啡廳姑且不論，但是佩克菈會跑來，其實我什麼都沒有做耶……

「客人也在村子消費不少錢，財政方面也有機會寬裕許多。幫了大忙呢。」

總之，只要能活絡村子，負責照顧村子的我也感到十分高興。

雖然我也不喜歡太特殊的發展，導致村子變得吵吵鬧鬧。

「魔族也有我無法控制的部分，所以如果哪裡做得太過火，麻煩請告訴我……基本上她們都滿善良的，只不過規模比人類大了兩圈——可能足足有四圈……」

「明白了。我身為村長也會維持管理意識，絕不馬虎。」

暫時得到了村長的承諾，因此我的責任減少了幾成。

不過，憑村長的力量難以處理的部分也很大，我也擦亮眼睛盯著吧——

「接下來請高原魔女姊姊大人也站上舞臺吧！」

佩克菈在舞臺上爽快地表示。

「不會吧——！我怎麼沒聽說！完全沒有聽說過耶！」

我發出聲音抗議！

「當然呀。因為事前完全沒告訴過姊姊大人嘛。」

這個做妹妹的，也太會玩弄我了吧……真希望她能穩重一點。

雖然我自己一點也不穩重……

四周的人都對我傾注期待的視線。

看來是無路可逃了。

「真是的……沒辦法呢……」

我刻意嘆了一口氣，走上舞臺。

舞臺的高度不算高，卻能看見許多人的容貌。

不只有家人，還有別西卜、利維坦姊妹與武史萊小姐等魔族集團，連艾諾、朋德莉也進入了視野。

遠處連水滴妖精悠芙芙媽媽，也若無其事地揮揮手。

她從哪裡得知情報的啊……

「姊姊大人，如何呢？祭典像這樣猜不到會發生什麼比較有趣吧？」
「佩克菈，妳真是宛如自由奔放這四個字的化身呢。所以說，我該做什麼才好？」
我根本不會唱什麼歌，頂多只會念而已。
「當然，是請姊姊大人唱歌呀！」
佩克菈宛如真正的偶像般微笑。
如果帶她回我上輩子的日本去，應該會吸引到某種程度的粉絲。
「說要唱歌，可是我不知道妳會唱的歌啊。」
「這一點不用擔心。因為這是姊姊大人也知道的歌。」
我原本心想，這種歌應該幾乎沒有吧，但答案隨即登場。
從舞臺側走出來的人是——
菈米娜族吟遊詩人，庫庫。
「好久不見了，亞梓莎小姐。」
手中依然端著詩琴，庫庫低頭致意。長長的兔耳跟著垂下。
「好久不見了。是嗎，原來是這樣啊。」
若是庫庫的歌，當初她在家裡練習的時候我聽過好幾次，某種程度上會唱。
「您願意和我一起唱我的歌嗎？」
「嗯。雖然有可能會妨礙到妳，但我會盡可能唱得好聽些。」

現在的庫庫顯得十分沉著。對於後來經歷過好幾次大型舞臺的庫庫而言，區區村子的祭典會場根本無須緊張。

「那麼，就準備唱囉。」

我與佩克菈配合庫庫的詩琴，一起唱歌。

即使沒有麥克風，聲音也十分宏亮。

不知不覺中，所有觀眾也同樣唱起歌。

我確實感受到，臺上臺下合而為一。

上上屆的舞蹈祭那時，我還是一個人獨居呢。

自從偶然得知自己已經滿級後，我的生活發生劇烈變化。

依照這種步調來看，今後應該也會發生某種程度的劇變吧。

不過，與之前大約三百年的時間相比，我可以抬頭挺胸說這兩年不到雖然短暫，卻充滿了樂趣。

一個人的慢活也不錯，不過和大家一起過的慢活又格外特別。

這也是孜孜矻矻狩獵史萊姆的結果，看來真是萬分感激史萊姆呢。

話說回來，各地都有史萊姆，究竟該感激哪一邊的史萊姆呢。

今年的舞蹈祭又與去年不一樣，非常精采。

附錄 村子裡開設了新旅館

由於今年的舞蹈祭創下歷年最多的觀光客人數紀錄，村民似乎提議在弗拉塔村開設新的旅館。

另外我是在家裡聽萊卡說的。

「今天在村子裡見到村長，村長希望吾人能提出旅館的點子。」

「原來如此，畢竟關於旅館，萊卡妳應該比我更適合呢。」

萊卡的故鄉，紅龍的住處附近是溫泉地區。

不用說，也是旅館林立之處，所以萊卡應該十分了解。

「也對。吾人也有一位很遠的親戚經營溫泉旅館，或許對方能傳授像是旅館氣氛的訣竅。」

總覺得萊卡似乎十分開心。

坦率地對幫助他人感到開心，是內心純潔的證據。

她能成為好孩子我也很高興喔，嗯嗯。

She continued destroy slime for 300 years

這時候我家孩童三人組，法露法、夏露夏、桑朵菈走了進來。

「法露法，也想提出一些意見喔！很擅長玩商店家家酒喔！」

以玩家家酒的感覺參與討論，感覺不太好吧——

「姊姊玩家家酒的經營感覺十分敏銳又纖細，具備號稱『旅館業的三頭犬』也不奇怪的知識。」

夏露夏提出神祕的附和。

『旅館業的三頭犬』是什麼意思？類似『格鬥技界的瘋狗』之類的別名？

「只是提議的話應該無妨吧？決定權不是在蓋旅館的人嗎？如果對孩子的童言照單全收，負債累累的話也是大人的錯。」

桑朵菈這番話很對。

不過啊，雖然很油腔滑調，但妳可是看起來年紀最小的小孩呢。說了大概會惹她不高興，所以還是別說。

「那麼就在不會造成麻煩的範圍幫忙吧。」

「好～♪會一邊考慮款待旅客，但依然穩定獲利的方法喔～♪」

法露法活力十足地舉起手。

「附帶一提，吾人也承包了旅館的組建工程。」

「啊～這也是萊卡能活躍的範疇呢。」

憑藉龍族的力量，建築物也能在短時間內蓋好。
現在的高原之家也是萊卡協助之下的結果。
「我知道了。那麼，就適度地努力吧。雖然應該不太可能，但如果有拖欠款項之類，要確實告訴我喔。」
弗拉塔村多半不會發生這種事，但畢竟曾當過社畜，因此希望別對工作條件妥協。

——隔天。應該說幾天後。
旅館似乎很快就完工，我受到招待前往。
不愧是有萊卡的幫忙。
然後凡是落成典禮之類的活動，經常找身為高原魔女的我出席。
因為我就像村子裡的守護神啊。
去一探究竟後，發現一棟豎立「弗拉塔村大飯店」招牌的氣派三層樓建築。
「哦，這是村子裡最大的建築呢……」
甚至覺得這麼大的尺寸與弗拉塔村的規模不相襯呢。
走近一瞧，見到萊卡站著等候多時。
「亞梓莎大人，讓您久等了。由吾人為您介紹。」

「嗯，拜託妳囉。櫃檯相當別致呢。」

並非有得住就行的旅館，櫃檯一旁甚至還有沙發，設計成可以好好放鬆。

「房間的水準也相當高喔！」

還真是幹勁十足啊。

能住宿的房間似乎在二樓與三樓。我打開二樓的一間房門。

「頗為不錯」的形容詞或許正合適，雖然簡單，卻是很時尚的房間。床鋪與桌子都是嶄新的，日照也十分充足。木頭的香味也十分宜人。

「嗯嗯，很像輕井澤的時髦簡易旅館呢。」

「輕井澤？」

「啊，剛才的地名可以聽過就算了……」

偶然，我見到桌子上放了一個圓形的盒子。

「這個盒子裡裝了什麼？」

「這正是吾人提供點子的部分。請打開來看看吧！」

我打開一瞧，裡面裝了三顆類似豆沙包的熟悉點心。

「這是我設計的『食用史萊姆』耶！」

「沒錯。希望進入房間的客人先以甜食消除疲勞，才會事先放置『食用史萊姆』！」

裡面似乎還裝著類似留言卡之類的東西，我拿起來一瞧。

弗拉塔村名點

食用史萊姆。

由定居在村子不遠處的高地，
高原魔女大人製作的點心。
能讓人喘口氣放鬆的滋味，
當地居民在午茶時間享用此點心，
已是日常生活的一部分。
此外，當作前往遠方的伴手禮
也非常合適。

※ 本點心在櫃檯前方的販賣處也有販售。

這完全就是旅館風格嘛！

真不愧是萊卡……畢竟曾經住在溫泉地區不遠之處……連這種東西都生得出來啊……

「應該說，這間旅館還有販賣處嗎？」

「是的，該處是基於法露法的點子設置的。」

「這已經不只是家家酒的構想了耶！」

法露法也正式大顯身手呢……

「販賣處除了『食用史萊姆』與『葉片史萊姆』等點心以外，還販售這附近做為易保存食物而受到喜愛的漬菜等食品。由於漬菜不易變質，可以長時間販售。」

「法露法真的具備經營者的眼光呢……抱歉之前以家家酒看待她……」

「另外還販售木劍與雕刻地名的金屬製鑰匙圈，描繪風景的書信組合之類喔。」

貨真價實的伴手禮中心耶……

「要一起參觀販賣處嗎？順便也為您介紹位於一樓的大浴場。提到旅館，果然就想到大浴場呢。雖然很可惜不是溫泉。」

對於萊卡而言，似乎旅館就應該要有大浴場。

「我知道了。那麼也去那邊看看吧。」

販賣處比想像中還像日本旅館的小賣店。

甚至還販售不知何時做出的「弗拉塔村奶油餅乾」這種點心。

「那種四個裝的小杯子蛋糕原本有個更樸素的名字，不過法露法妹妹提議，改成『去弗拉塔村玩過』比較好，才改成那樣。」

「完全是觀光地規格耶！」

「那個小容器內裝了切好的小塊用來試吃，請嘗嘗看吧。」

日本好像也有類似試吃用的保鮮盒。

「嗯，這種『去弗拉塔村玩過』，的確是嘗過的味道……至於在哪裡嘗過，好像是在鬼怒川溫泉或是熱海一帶……」

三百年前的回憶超越時空復甦了！

「鬼怒川？熱海？」

「啊，不用在意地名沒關係。」

「那麼，接下來是大浴場呢。」

大浴場總不會那麼值得驚訝吧。

不過在前往的路上，有間耳熟的房間。

是寫著「遊戲場」的房間。

嗯，這裡該不會是……

「萊卡，先看看這裡吧。」

——打開門一瞧，發現法露法與夏露夏正在打捉球。

果然沒錯！是類似桌球的那種運動！以前在洛可火山的溫泉街也有！

另外，桑朵菈擔任裁判。

「好，九比九。接下來換夏露夏發球。」

「姊姊，準備接招下旋轉發球吧。」

「會以抽球回擊的，夏露夏。」

而且戰局還白熱化呢……

「亞梓莎大人，除了捉球以外還設置了空器驅棍球這種遊戲臺。」

「連這個名字都似曾相識……」

村長與村民在房間後方玩類似空氣曲棍球的遊戲。

都是在平臺上互擊薄圓盤，完全一模一樣。

「村長，面對帶有角度的斜角攻擊很弱喔！該不會年紀大了吧？」

「什麼話！還沒認輸哪！」

我也難得產生了想打一局的想法呢。

不過更重要的是，對由來感到好奇。

「萊卡，這種空器驅棍球的遊戲也在龍族之間知名嗎？」

「是的，相當知名。一場遊戲支付一百哥爾德，就會變成施加風魔法，讓圓盤順暢滑動的平臺。」

魔法這種設定也太方便了吧。

「這我差不多知道了，讓我看看大浴場吧……」

「也對。這個時間應該還沒有人進去，多半沒問題。」

聽起來很像插旗的發言，但我刻意保持沉默。

「由於無法蓋成露天浴池，所以設置了男女分別的浴室。」

入口以醒目的藍色與紅色，類似門簾的東西區別。

「是嗎？不知為何，明明只是來到弗拉塔村，卻會湧現去過鬼怒川溫泉一帶的記憶呢……」

我打開女生浴池的門。

在澡池中間，是光溜溜雙手高舉，擺出萬歲姿勢的芙拉托緹。

「好呀！這麼一來即使脫光光也不會害羞了！好開放喔！」

芙拉托緹看起來非常開心。

看到她的笑容，就連吐槽的心情都消散了。人果然露出笑容是最棒的。

不過對萊卡而言，似乎出乎意料。

「妳怎麼會在這裡啊！吾人不記得有找妳來！」

「其實又不需要妳的許可。就算不是住客，只要付錢就能一日遊入浴呢。」

「就算如此，這種模樣也太不檢點了！」

「在浴池裡脫光光很正常好不好！不如說，穿著衣服進來的妳才違反禮儀呢！」
想不到演變成芙拉托緹的論點才是正確的！
「唔、唔唔唔……這終究是為了讓亞梓莎大人參觀……」
被芙拉托緹駁倒似乎相當難以忍受，萊卡滿臉通紅。
我拍了拍萊卡的肩膀。
「機會難得，我們也進去泡澡吧。偶爾白天泡澡也不錯喔。」
「是、是啊……其實也不壞呢……」
這次萊卡害羞地紅著臉，並且表示同意。事情到此告一段落。
「啊，不過我沒帶毛巾來呢……」
「這一點不要緊。櫃檯有販售毛巾，一條一百哥爾德。」
聽萊卡這麼說，我心裡想著。
這裡幾乎就是日本了吧。

完

持續當小公務員 1500 年，
在魔王的力量下被迫擔任大臣
Morita Kisetsu
森田季節
illust. 紅緒

小公務員被迫挑起大臣的職務哪

She works as a public employee for 1500 years

我名叫別西卜。

名字聽起來很了不起，但老實說，是名過其實。

以前有位名叫別西卜的偉大魔族，為了讓出身平凡魔族的我也能變得如此偉大，才取這個名字。

從一千五百年前就擔任魔族國家公務員，平凡、樸素、不起眼地工作。

就職單位為農業省下級組織的農業政策機構。

簡單來說，工作是擬定國家農業政策方面的計畫，或是算出數據之類。

我在該單位的一千五百年內，一直當辦事員——也就是最底層的小公務員。

可能有人會誤以為我的成績非常不好啦，或是工作態度很差之類，但完全不是這樣。不如說，我是刻意留在這個職位的。

人事課倒是三番兩次徵詢，問我要不要當個主任比較好，但我全部推辭。因為自己沒有那種能力。

根據目前的公務員規則，只要本人拒絕升遷，就可以留在原本的單位。
反正是公務員，也完全不用擔心被炒魷魚！
我要當個不用扛責任的小公務員，懶散過日子！
世界上有適合顯赫生活的人，以及不適合的人。
我屬於後者。
身為公務員既不打算以升遷為志向，也不打算轟轟烈烈談戀愛。
覺得太麻煩了，也沒有建立家庭的自信。
因此，始終當一個職位最低等的辦事員——俗稱「小公務員」。
況且我沒有面對他人的器量。
當然，也不具備位於他人之上的氣度。
這些我自己最心知肚明。
服裝比平均值略顯俗氣。
長長的頭髮也僅以不會妨礙自己的原因紮起來。
還有視力明明不錯，卻戴著更顯微不足道的眼鏡。
單位裡才一人，連職場同事的話題都聊不起來，定位可有可無。當然，肯定不會有男性職員看上我吧。
一千五百年來，我一直堅守不會引起他人注意，活在暗地裡的生活。

這就是我的自我防衛作戰。

唯一失算的是——因為十分不起眼，其他職員會輕易開口找我幫忙，但我無法推辭，只得一直忍耐。

比方說，底層的女性職員，實在不敢拜託高高在上的女主管幫忙。

男性職員有些事情要拜託未婚的美女職員時，也會露出猶豫的態度。因為可能馬上遭人說閒話，以為對人家有意思。

在這方面，我與單位內的政治完全絕緣，位於出人頭地之爭的外側。

而且還是俗稱不像女人的女人，外貌的時尚品味等於零。

不論男女都視我為中性的對象，會毫無顧忌地向我開口。

結果，我的定位就變成了總之有什麼麻煩事，就可以拜託的幫手型角色。

右邊有不知道文件保管地點的職員，我跟在後頭告訴對方；左邊有要提交給上司的文件格式很特殊，不知道該怎麼處理的職員，我利用一千五百年的資歷幫助對方。

請我一兩塊點心做為回禮即可。

即使是更大型的工作，請我去居酒屋吃一頓就夠了。

其實，這樣也無妨。相較於地位愈高，責任就愈大，這樣完全ＯＫ。

也因此，總覺得在單位內的人緣相當好呢。

我這種草率的生活方式，在獨居的房間中更是徹底。
一回家就立刻換上鬆垮垮的睡袍！
然後往床上一躺！
另外鞋子很髒，所以已經先脫掉了。禁止穿鞋是這間房間的規矩。
桌上放著喝過的酒瓶與酒杯，還有下酒的堅果。
在房間角落堆積如山的書本早已崩塌，但我並未特地重新堆好。
即使是同性朋友來了都會嚇到吧。
實際上，我也沒勇氣找她們來。甚至連家人都不想找。
可是，這種程度的馬虎生活正適合我。
懶～懶散散過著不起眼的小日子比較符合我的個性。
這樣一點也沒錯。像這樣輕鬆地度過漫長的人生，在我心中就達到及格分數。這甚至可以說是我的勝利條件。
不會被任何人碎碎念，在家裡喝到酩酊大醉也別有一番風趣嘛。

◇

假日早上，我在破舊公寓灑落的陽光中醒來。不過——

Z
Z
Z
© Benio

「昨天也為了幫忙人家而微妙地加了班，再睡一下吧……」

當天同樣睡回籠覺到將近中午，頂著雜亂無章的頭髮好不容易真正醒來。

「中午該怎麼解決呢。乾脆早午餐一起吃，去有賣火辣地獄通心粉的店家吧。」

那家店在午餐時間不論分量加大，或是香料增量都免費呢。

「然後到書店之類物色幾本書，晚上似乎要下雨，乾脆早點回家，晚餐就吃昨天做起來擺的地獄鍋配麵包吧……只要能吃到辣的東西就好。」

仔細玩味小確幸，獨自生活其實也不壞，我一直這麼認為。

有時候也會覺得，這種幸福也太微小了，但勉為其難懷抱遠大的夢想可是很累的。

我生為在地蔬果店之女，平凡地幫忙店裡的生意後，到了身為長命魔族也不算小的年紀才參加考試，成為公務員。

這個時候就與一帆風順的人生無緣。

實際上，我甚至缺乏自己要出人頭地、高人一等的意識。

打著呵欠的同時，我走在范澤爾德城下町內。

漫步在市場並列的馬路上，我看到這樣的公告。

『新任魔王大人即位儀式訂於〇月×日』

噢，對喔。魔王大人終於世代交替了呢，

與人類休兵止戰後，善後處理也大致上告一段落，似乎要讓女兒繼任魔王。

記得女兒的名字叫普羅瓦托・佩克菈・埃莉耶思吧。

聽說她是年輕又有志改革的人。可能由於這樣，單位高層們之間還擔憂她可能隨心所欲插手官員的人事。

畢竟新任魔王即位時，為了營造新氣象，多半會對官僚機構大刀闊斧改動一番。

農業政策部門最高位的農業大臣肯定會異動，不過呢，這與我一點關係都沒有。

今後照樣過著樸素的生活就好。小公務員沒有什麼權力鬥爭。

更何況我根本沒權力。

我在常光顧的店家大口吃著大盤&香料增量的通心粉。

在書店前有一對魔族情侶手牽手走著。

看他們特別恩愛，半年後會分手吧。

建議從現在開始小心一點，別讓傷口加深喔。

我嘆了一口氣，同時將忠告埋藏在心裡。

世界上畢竟也有那種光彩奪目的人生呢。

◇

然後到了新任魔王的即位儀式。

我們公務員也全體參加，頌揚站在臺上的新任魔王。

果然很年輕。甚至比想像中更年輕。

新任魔王的頭兩側長著羊類的角，身穿典禮用的黑色禮服。

雖然表現出教養良好的感覺，但外表完全是小女孩，甚至傳出「她當魔王沒問題嗎」這樣的聲音。

就算已經與人類停戰，如果不是身經百戰的人，可能難以勝任魔王之位，會有這種意見也無可厚非。

「我是新任魔王普羅瓦托・佩克菈・埃莉耶思。希望能和大家一同讓魔族國度變得更好。」

平凡無奇，樣板化的信念闡述演講結束。

話雖如此，如果能蕭規曹隨的話，應該也能達到維持現狀的程度吧。

對於大多數的公務員而言，這才是最大的渴求——

這時候。

偶然，我感覺自己與新任魔王四目相接。

彷彿正好盯著農業省大後排的我一樣……

拜託，肯定是我多心了。新任魔王怎麼可能會看見我這個小公務員呢。

只是新任魔王視線望向遠方時偶然視線重疊而已。

「那麼，接著要發表新任閣揆人事囉～應該是前所未聞，充滿年輕朝氣的人事案吧。」

魔王這番話果然也毫無新意。

嘴上說「破除舊弊端～」卻拔擢哪個派系實力人物，是司空見慣的現象。

頂多關心是從支持前任魔王的派系挑大臣人選，或是刻意從不同的派系找人當大臣。

根據規定，身分低微的人也可以靠打拚，擔任高層的職位。

但那終究都是場面話。高官厚祿從以前就被特權階級盤踞。

尤其大臣是只有具備貴族爵位的人才能擔任。

「首先，外交大臣維納斯塔斯先生，內政大臣為維露慈小姐，經濟大臣維貝克托爾先生——」

魔王依序念出名字。

看來這場發表在事前完全沒有通知相關人物，還有自己的名字被點到後忍不住擺出勝利姿勢的魔族。

大家看起來都好強壯。如果與人類的戰爭持續下去，多半會以頭目的身分坐鎮在高塔之類的地方。

首先，最初幾名大臣是怎麼挑選的，新任魔王簡單說明原因。

我一邊對內容充耳不聞，同時想著誰屬於哪一個派系。

看來從相當多的派系任命大臣呢。

意思是新任魔王的權力有這麼衰弱嗎？

「那麼，繼續回到人事案吧。勞動大臣謝諾瓦先生，醫療大臣米庫斯先生——」

小公務員當中有人似乎不感興趣，忍不住開始打呵欠。畢竟絲毫沒有直接關係。

「——農業大臣別西卜小姐。」

起先，我不太明白魔王在說什麼。

應該說，事不關己地漏聽才是正確的。

別西卜是過去的偉大魔族之名，意思是有同名的公務員也不奇怪。農業省大概有同名的高層吧。

可是原本站在前方的同事們都回頭看我。

大家臉上都露出難以置信的表情。

「咦，這種事情有可能嗎？」「前輩，這樣究竟升遷了幾級啊？」

似乎大家都以為我成為農業大臣了……

「等等，等一下！肯定哪裡弄錯了！長年小公務員的我怎麼可能當大臣啊！」

我抱持確信，如此表示。

怎麼可能有這種不合理的人事案！

可是，新任魔王繼續說明。

「別西卜小姐在這一千五百年之內，於農業政策機構踏實地工作，還幫助過許多同事，可說眾望所歸。以前的意見箱也收到過『請務必讓別西卜小姐高升！』等意見。可是本人卻毫不驕傲自滿，一直扮演無名英雄完成業務。我認為該讓這種打拚方式，成為人上人的時代已經來臨了。」

新任魔王滔滔不絕地說出不得了的道理。

原以為魔王還年輕，多半會靠撼動人心的人事案來個冷不防的驚喜，但我可受不了耶！

當上大臣這麼高的官職，就有數量龐大的工作等待自己。

這會造成根本無法再像之前一樣悠哉生活。

我的小確幸就這樣化為粉碎……

再這樣下去根本沒完沒了。

於是我衝出隊伍旁。

「我是別西卜！魔王大人，我認為這次的人事案件有窒礙難行之處！」

雖然這是對魔王的無禮行為，但情況不一樣，沒有人來阻止我。

而且新任魔王還開心地從臺上低頭看我。

她的表情似乎連我這時會跳出來都預料到了。

換句話說，剛才我覺得與新任魔王四目相接，並非是我一廂情願嗎……

「看妳的模樣似乎不服氣呢。」

新任魔王絲毫不在意身分，向我開口。

這種坦率之處很想稱讚她，但是自己的去留比較重要。

「那是當然的！大臣原本就是地位更高的人該坐的位置！即使有第四或第五順位的人破格受到拔擢，但根本沒有像我這種小公務員就任的前例！」

我可不是白白工作一千五百年，還知道這是前所未聞的事情。

「原來如此，妳說的很有道理。那麼現在就回答妳的疑問吧。」

新任魔王的聲音明明沒有使用擴音魔法，聽起來卻特別宏亮。

「妳的工作年資長達一千五百年吧？」

「是的，由於原本在老家的蔬果店幫忙，接受公務員考試合格是年過一千歲的時候。然後在現在的職場工作了一千五百年。」

雖然在意為何在這種眾人環伺的場合中，提到自己的身世，但如果鬧得像醜聞一樣，就會瀰漫更不該晉升的氣氛，在我看來很合理。

「別西卜小姐在這一千五百年，一直任職於目前的國立農業政策機構。如此一來，照理說不可能一直維持小公務員的辦事員身分，也沒有做出一大堆會遭到降職醜聞的紀錄。」

「那是因為超出我的能力，才一直拒絕升遷的關係。」

草率地搞定上頭交辦的任務，這就是我的工作。

雖然總是受人使喚，但不用背負重責大任。

其他省部門還傳來「哪有人能當小公務員一千五百年啊」「又不是有任期制的職員」之類的聲音。

我這種工作方式有密技是事實。

如果我是人類的話，這可能很難達成，但超長壽的魔族可以長時間維持青春容貌，因此當小公務員的不協調感特別不起眼。

「是的，所以我嘗試計算過，這一千五百年如果以妳的成績持續升遷的話，會有什麼結果。請各位看看這個。」

可能是事先準備好的，新任魔王身旁垂下一幅巨大藍圖般的布幕。

如果別西卜小姐
持續晉升的話，
究竟會升遷至
何種地位的預測圖

組員
↓
主任
↓
組長
↓
副課長
↓
課長
↓
部長
↓
農業政策局長之類
↓
事務次長之類
↓
大臣

終點！

「綜合別西卜小姐的工作成績與工作年份，以及至今上司與同事的評價，結論是妳已經累積了足夠成果，擔任大臣也沒有問題。恭喜妳！」

「這、這、這……」

我希望這是作夢，輕輕捏了捏左手。

好痛。

身邊還傳出「原來如此。也有這種長時間維持小公務員的狀態，藉由大顯身手不斷提高評價，讓職位大躍進的戰術嗎？」「就像持續狩獵史萊姆，以最強為目標的方法呢。」之類的聲音。

拜託拜託拜託，你們為什麼會接受啊……？

新任魔王以右手托著臉頰，做作地嘆了一口氣。

「哎呀～其實我也想擬定更普通的人事案，可是事務次長啦，以及相關職位的官員也發現營私舞弊，或是侵吞公款，才一律要求他們辭職～農業大臣的人選真是難產了好久呢～」

新任魔王再度嘻嘻笑著，同時盯著我瞧。

天啊，原來這個人喜歡惡作劇……

這是利用我這種小公務員的大規模實驗……

拜託饒了我吧！我才不想當什麼實驗品！

「如此一來，拔擢長期只當小公務員，卻同時評價相當良好的人也是一種可能性喔。」

聽到這句話的公務員們也傳出「哦～原來如此。」「扭轉的想法呢。」之類的聲音。為什麼能接受啊!?

冷靜一點，冷靜一點。如果現在沖昏了頭，就正中新任魔王的下懷。

我好歹也是公務員，應該在規章中冷靜沉著地推辭。

「新任魔王大人，本次承蒙拔擢我這種小公務員，這份光榮實在是不敢當。」

我鄭重地低頭致意。

激動地張開翅膀也有失禮節，所以先收起來。

「不會不會，任用有實績的人物是極為自然的事情喔。」

「但是，我只不過是微不足道的在地蔬果店出身之女。我想說的是，我並沒有任何貴族地位。大臣由具備貴族地位者就任為長年的慣例。這項人事案實在超出我的身分，因此我實難接受。非常可惜。」

就算官僚體制機關在這大約兩千年之間急速發展，目前魔族之間依然留下濃厚階級制度的色彩。

根據時代的不同，領導部下與人類展開大規模戰鬥的大臣等級魔族，需要具備對應的身分地位。

「原來如此。這真是傷腦筋呢～」

「是的，所以農業大臣的地位請找其他人——」

「那麼，送妳一間前任貴族擁有，目前空著的豪宅，順便現在授予妳爵位。從今以後妳就自稱別西卜卿吧。好，解決囉。」

「…………咦？」

再怎麼說也決定得太隨便了吧……

這時，新任魔王走下講壇，而且居然朝我走過來。

兩側的公務員都自動開道。

我也誠惶誠恐地當場跪地。

「別西卜小姐，或許在妳眼中很亂來，但如果按部就班一層層升遷的話，努力了一千五百年的妳真的是早就坐上大臣職位的人才喔。人事課幫妳打的分數，高得很嚇人呢。其實還收到不少來自不同部門挖角的要求，但農業政策機構都擋了下來。」

「那、那是因為辦事員的工作很輕鬆，所以看起來才特別能幹而已……」

「別西卜小姐，抬起頭來吧。」

既然被如此命令，只能選擇服從。

新任魔王展現不折不扣的魔王風範，微笑地站在我面前。

然後，伸手置於我的肩膀上。

「與人類的戰爭已經在上一代魔王任內解決，可是問題卻堆積如山。尤其農業部門更是問題多多。現在需要毫無任何包袱的全新力量。這是我魔王普羅瓦托・佩克菈・埃莉耶思的拜託。」

新任魔王向我鄭重地低頭。

現在已經完全沒有理由拒絕。

如果這時候堅拒，等於不給新任魔王面子。

別說輕鬆地繼續當個小公務員，甚至連住在范澤爾德城都甭想。

「謹遵魔王大人之命……」

於是，我別西卜從一介小公務員突然成為了農業大臣。

◇

就此與唯一優點是距離市場很近的破舊公寓道別。

離別來得好突然。

要搬到位於范澤爾德城的護城河外側，三層樓高的牢固建築物。

總覺得有種銀行總行般的氣氛。

光是豪宅前方的庭院，就寬廣得足以從事運動。

後方有一座包含大池塘的庭園，據說偶爾還會看見洛克鳥跑來喝水的身影。更後方則是一片稱之為樹海也不誇張的森林。

站在建築物前方時，我一臉茫然。

「呃，明天不會突然爆發政變，害我立刻死於非命吧……？」

我一一觀察既寬廣又多得離譜的房間。光是一間房間就已經比我的舊住處還要大，甚至還有舞廳。

將來也只能聘請管家之類的人幫忙了。否則如果不天天請帶薪假打掃，根本就來不及。

或者乾脆只利用必需的最低限度房間生活吧……

然後就在我見到白色浴池前方脫衣處的大鏡子時。

我感到恐懼。

眼前站著翻不了身，沒機會出人頭地，口袋也沒什麼錢，拋棄許多事物的不起眼女人。

當然，不是什麼幽靈。身為魔族的我才不怕什麼幽靈。

換句話說，只是我的容貌映照在鏡子中而已。

沒錯，當小公務員的時候不起眼也無可奈何，我原本以為這樣並不壞。名副其實，不如說不會樹立多餘的敵人，還滿ＯＫ的。

可是，現在的我是大臣，還是貴族。

大臣又是貴族的人還這麼樸素可不行，連大臣的祕書官都比我華麗。

就算新任魔王認同我，其他出身名門的大臣們多半也會對我不屑一顧。底下的人員們也絕對會嘲笑我……

我下定了某種決心。

改頭換面吧。

我盡可能在袋子裡裝金幣與銀幣，來到大馬路上。
在女性服飾店一件件買下喜歡的款式，然後回到豪宅。
接著面對豪宅的鏡子，一件一件仔細試穿。
這種時候，要是有朋友就好了，但是我沒朋友。真的沒朋友。
實際上，當小公務員一千五百年，同期的同事早就高升，職場上也沒有聊得來的女孩。是我自作自受。
眼鏡也與角色不符，所以我摘下來。反正視力本來就不差，沒問題。
服裝大致上決定了。
雖然裸露程度略多，但大臣的地位等同於頭目，這樣應該也不錯。
接下來是說話方式。不能再維持小公務員的語氣。
得熟悉有模有樣的說話方式才行。
依照身分的不同，遣詞用字會有明確的變化。
需要逐漸記住很有大臣風範的詞彙。
於是我進行這樣的神祕特訓。
從夜幕低垂練習到早晨日出，我終於確立了一種形式。

「哈哈哈！小女子名叫別西卜！偉大的蒼蠅王就是小女子我！小女子要你們從現在開始牢牢記住農業究竟是什麼，統統做好心理準備吧！」

——我對著鏡子擺出姿勢扮演。

不對，是小女子對著鏡子擺出姿勢扮演哪。

「小女子是躋身魔族貴族，擔任農業大臣的別西卜。你們儘管在小女子底下拿出成果來吧。噢，雖然說話口氣是這樣，但我會小心以免壓迫部下，請大家多多指教……啊，又恢復原本的語氣了……」

我一直練習改頭換面。

十個人裡面大概有十個人會以為我在開玩笑——

但我絕對沒在開玩笑！非常認真！

如果沒有這種程度的戲劇性變化，就沒有自信能完成今後的工作了……

況且，我也不可能與偉大的蒼蠅王別西卜是同一人。

變成蒼蠅這種程度的魔法倒是會用，老家開蔬果店，因此偶爾會吃沒辦法賣的快變質水果之類。不如說像是快腐敗前，稍微有一點腐敗反而比較美味。

天啊，不行不行……不對，不能這樣哪，連內心話都得配合新角色才行。

◇

我凝視鏡中的自己。

衣服露出雙肩，髮型為了露出強悍的感覺而留直髮。

接下來就是露出充滿自信的表情，挺起胸膛。

「小女子是農業大臣別西卜。小女子是農業大臣別西卜。小女子是農業大臣別西卜。從今天開始要維持這種角色。要拋棄過去不起眼的小女子哪。」

然後，小女子以新生別西卜的身分首次前往農業政策機構上班。

這是農業大臣首次亮相！

「早安哪。妳們幾個，有沒有精神哪!?」

同事們都一臉茫然。

知道小女子的高貴，都嚇呆了吧。

心裡認為其實小女子是天生的貴族吧。

曾經是同事的女性小公務員，戰戰兢兢舉起手來。

然後，如此表示。

「別西卜小姐，您貴為農業大臣，上班地點應該不是這裡喔……？」

「…………不小心，因為老習慣而失誤哪。」

小女子紅著臉，同時離開房間。

「真、真不該做自己不習慣的事情哪……」

與部下的溝通真是辛苦哪

She works as a public employee for 1500 years

上頭掛著大大的「農業省」招牌。

小女子站在這棟建築物的前方。

「這就是小女子的工作場所嗎……」

抬頭仰望建築物，小女子心生猶豫。

「終於要到總部上班，而且還是最高位的大臣哪……」

據說在總部上班會比在相關單位更加困難，小女子原本想始終如一，繼續在農業政策機構而非總部工作哪。

這原本才是小女子的勝利模式……

「已經沒辦法回頭了……又不可能做兩三天就辭職，只得扛起農業大臣的職責哪……」

像是官員的人物像辛勤的螞蟻般，從小女子身邊忙進忙出。

畢竟已經改朝換代，可能也有不少製作相關文件的工作。

小女子盯著眾人的動向一段時間。

從以前戴眼鏡的樸素角色轉換形象，變得很像魔族幹部，再加上幾乎沒有認識的對象，因此沒有人察覺小女子是農業大臣，這一點倒很輕鬆。

可是相對地，如果從正門進入，也有可能遭受「這個人是誰啊？」的視線。

「……從後門進入吧。」

小女子從幾乎沒人在走的樓梯往樓上爬。

最頂樓是寬廣的大臣室。好，到目前為止都沒驚動別人。

然後，偷偷摸摸進入大臣室後──

只見官員們早已排排站好。

原來已經集合了啊！

頭上有各式各樣很像魔族的角。其中還有牛頭人與獨眼巨人。

似乎察覺到小女子來臨，所有人一同望過來。

對心臟真是不好。總覺得他們都在狐疑為何那種小公務員會成為大臣，反正肯定是一事無成的無能分子之類。

這時候，長著獨特犄角的女性往前走出一步。

「不好意思。沒有見過您呢，請問是農業大臣別西卜大人嗎？」

「沒、沒錯……毫無疑問是別西卜哪……」

「那就麻煩您盡快發表就任感言吧。啊，還沒自我介紹。我是在農業省擔任祕書官，利維坦族的法托菈。」

臉上絲毫沒有笑意，名叫法托菈的女性表示。

提到利維坦，不是相當高等的魔族嗎？

現在的模樣接近人形，但據說原本的姿態足以乘坐數百人，堪比空中戰艦。

也就是高等公務員組嗎……

她肯定在心裡想「這種小咖居然當上大臣，根本就是不好笑的笑話」……胃開始刺痛了。

現在不論吃什麼，多半都無法化為營養讓身體吸收。

「就、就任感言是吧。好，我明白了。我會盡快結束以免麻煩……很快就會完畢，各位站著稍後片刻。」

實際面對高級官員，要表演傲慢型角色相當困難。

可是，如果首次接觸就遭受輕視的話，就真的慘了。

小女子站在官員面前。

光是走到該處，就像走在劇毒沼澤中一樣消耗精神力。

「呃……小女子是從今天開始就任農業大臣的別西卜……這既非謙虛之類，小女子力量綿薄，做不了什麼大事，但是有各位鼎力相助的話，應該能勉強熬過難關……

小女子如此相信……」

這種態度如何呢？

可是，自己主動承認力量不足，還是會受輕視吧？

該不會被陷害逼得早早辭職吧？

剛才好像還有人哼笑了一聲。

或許是被害妄想症，但就是有這種感覺！

現在只能吹牛皮了！

我……不對，小女子大大張開翅膀。

「剛才那些是玩笑話！小女子可是由全知全能的魔王大人拔擢至此等地位！換句話說，小女子也具備足以指導你們的偉大力量！所以、所以……呃……有什麼不明白的事情就儘管來找小女子吧！身為你們的上司，看小女子順利解決問題！」

「「噢噢～」」

眾官員發出讚嘆的聲音。

好，正確答案。不卑躬屈膝地熬過了這一關。

窸窸窣窣傳出「好像十分可靠呢。」「可能真的是高等魔族出身。」的聲音。第一印象還不錯。

「果然是個政策通呢。」「說不定是類似前任魔王大人心腹的人物。」「刻意當小公務員監視過各種地方吧。」「這麼說來，是藉由一舉揭發高層貪汙才當上新任大臣的嗎！」

嘸嘸嘸……好像被過度抬舉了啊！

「原以為卑微的小公務員不怎麼樣，看來並非如此呢。」「私底下是強者啊。」「這麼一來與財政省對立的案件也有機會贏啦。」「肯定有計畫性思考魔族百年後，甚至兩百年後的發展吧。」「新任大臣萬歲！」

這、這次是對期待的眼神感到吃不消……

什麼政策通真的是想太多……

根本就是待在農業省的底層，只做過可有可無雜務的小咖……

小女子連一個月之後的事情都沒想過。

頂多只會思考週末假日要在家裡喝酒，還是去居酒屋喝這種小事而已。

如果不趁早拿出大臣該有的成績，該不會很不妙吧……

「那就解散吧……打起精神工作……」

官員們魚貫離開大臣室。

太好了。終於從高壓狀態解脫了……

可是，還有兩人待在房間內。

一人是法托菈，剛才自我介紹的利維坦。
另一人也是與她相似的利維坦。
「辛苦了，別西卜大人。容我再一次自我介紹。我是祕書官法托菈，工作內容是輔助農業大臣，敬請多多指教。」
啊，話說回來，她剛才也說自己是祕書官吧。
慘了，居然配一個感覺一板一眼的跟班給小女子。
這樣根本無法放心嘛……
「嗯，多多指教啊。那麼，旁邊的人是誰？」
那個誰很有活力地舉起手。
「是的！我是利維坦族的瓦妮雅。擔任副祕書官喔！是這一位法托菈姊姊的妹妹！敬請多多指教喔！」
原來如此，姊妹一起輔助小女子嗎？
個性呈現鮮明對比哪。
「是嗎，是嗎？總之，今後都請多多指——多指教哪。」
小女子向法托菈伸出手來。
握手是展現自己沒有敵意的一般方式。
法托菈依然毫無笑容，握住小女子的手。她大概就是這一號表情吧。

要說笑起來比較可愛，好像也有點不太對。

「對了，別西卜大人。」

「什麼事。」

「您的形象改變得相當大呢。第一次當大臣嗎？」

正好戳中痛點。

而且接近致命的一擊。

「小女子不知道妳在說——不明白妳的意思哪。」

「這種語氣也是臨陣磨槍吧，不時會露出破綻呢。顯然是被拔擢為大臣後短時間內塑造的角色吧？其實您原本打算一輩子當個小公務員，渾渾噩噩過下去對不對？」

這段對話彷彿讓魔力逐漸枯竭……

「剛、剛好相反……成為大臣後才能顯露本性，一直隱藏的人格才得以登場，差不多像這樣……」

「原來如此。是這樣嗎？原來是這樣啊。」

這個利維坦女完全沒有笑容，因此很難判斷她在想什麼。

可是從情境證據判斷，小女子的確正逐漸被逼到死角……

「我的任務僅僅是努力讓新任大臣順利完成工作。有任何事情都請吩咐我。」

「那……小女子明白了。」

從剛才就一直握著手，但是法托菈依然不肯放開。
雖然以身分而言小女子比較大，但是相較於小女子的微不足道魔族家世，她可是利維坦，因此讓人緊張。
「可是——」
啊，這個時間點調轉話頭，就凸顯剛才那番話根本不是出自真心！
「我並非拿別西卜大人的薪水工作。終究是以官員的身分效忠國家。如果我認為別西卜大人完全沒有當大臣的器量，導致農業政策嚴重後退的話，會採取必要手段。」
「意思是工作沒做好就要拉小女子下臺嗎……」
明明一點也不熱，卻已經汗流浹背。
好可怕！官僚的世界好可怕！
好想回到小公務員的世界！
「拉下臺這種形容詞並不恰當。我只是採取身為公僕的適當處置而已。」
法托菈以平淡的語氣繼續說。
「一旦農業大臣犯了重大過失，為了昭告天下會提供建議；帳目上若有灰色地帶會提出質問；如果因為身體欠佳等原因，難以承擔身為農業大臣的職責，我會提議您辭職，就是這樣。」

天哪——！簡直不給人活路嘛！

「所以您只要當我是普通的祕書即可。」

這根本就是威脅嘛！

而且意思是，近在身邊的祕書官就是敵人！

就像勇者的隊伍裡有魔王一樣！

好想立刻辭職喔！

可是萬一立刻辭職，魔王大人也會被追究任命責任，總覺得會變成害魔王大人顏面掃地的人而遭到秋後算帳。根本無法保證辭職就沒事。

難道無路可退了嗎……

「一切都明白了。小女子好歹也在農政基層任職了一千五百年。可不是完全的外行哪。就盡一切所能拚吧。」

與其說小女子誇下海口，不如說是被迫說大話。

「原來如此。希望您這番話不是空口吹牛。」

法托菈這才終於放開手。

這對利維坦姊妹不是負責輔助。而是負責監視。

與姊姊握完手後，妹妹瓦妮雅隨即悠哉地來到小女子跟前，主動握手。

「請多指教囉，上司！」

「嗯，多指教啊。」

這女孩可能也是假裝個性開朗，實際上比姊姊更老謀深算，所以不能大意。

若是小女子以前看過的戰鬥系小說，原則上愈是經常掛著笑容的角色愈強，還會毫不留情殺死對手。

「那麼，上司，馬上就有件事情必須先決定囉。」

「哦，什麼事……」

畢竟完全不知道會在何處受到測試，實在坐立難安。

只見瓦妮雅掏出某張紙來。

便當 **今天的每日菜色**

◆炸雞肉與蔬菜可樂餅

◆大口蔬菜炒肉

◆大大漢堡排（附洋蔥圈與迷你沙拉）

「差不多該聯絡負責提供便當的業者才行囉。上司想吃哪種便當呢？」

是與職務無關的選擇耶！

「瓦妮雅，這種事情可以待會再辦吧……」

姊姊法托菈露出別破壞氣氛的表情一臉驚愕。

「欸～？午餐要吃什麼是很重要的！尤其會影響到中午之前能不能再加把勁呢。」

啊，這個妹妹的態度接近小公務員呢。

原來高等公務員也有各式各樣的人啊……

「那麼……就點大口蔬菜炒肉吧……」

「好的！我會先聯絡以免送錯喔！啊，附帶一提，其實我很擅長下廚，只要事前告訴我的話，可以每週為您準備一次便當喔。」

「哪有這種祕書官的工作啊！」

姊姊法托菈又發怒了。

該不會姊妹一起被任命為祕書官，是因為兩人加起來剛好有中和的感覺嗎？

◇

小女子身為農業大臣的工作從這一天開始。

主要工作是簽名。

簽名本身很快，但是大臣層級參與批准的案件，肯定是重要事項，視情況會有金額龐大的款項流動。可不是隨隨便便就能簽名的。

話雖如此，之前一直判斷為ＯＫ的案子全被最高位的小女子打回票的話，根本就是暴君了。

因此得一邊確認內容，並且簽名。

幸好，身旁就有超了解詳情的祕書官，這一點倒是很輕鬆。

法托菈是不折不扣的官員。

這方面的人事案照理說是由新任魔王先行安排，因此法托菈本人的意願姑且不論，新任魔王可能安排她負責輔助小女子也說不定。

「這項農場的案件沒有問題嗎？好像可以用更便宜的價格興建。」

「關於預算記載在附帶的資料上，請確認。」

「關於這項許可申請，可以問幾個問題嗎？」

「請問。不過，由於沒有太多時間仔細考慮，請盡早決定。」

小女子以一句話形容的話，應該還算認真。

但是也不算幹勁十足，總之就是非常拚命。

根本沒有時間草率行事。

起先三個月左右，騰出時間掌握農業行政的現況。
盡可能參加自己底下負責人的聚餐，查出各部門目前的問題點，以及問題意識。
由於小女子只做自己會做的事情，因此會盡力去做能力所及的事。
然後，自己知道的事情，總之抄下來就對了。
雖然這樣相當費事，總之還是寫了好幾本筆記，累積下來。
這是小女子在小公務員時代培養的攻略模式。
寫下來記住。寫下來加以整理。
凡事只不過因為不了解才會覺得很難，但是記住攻略模式，理解前例的話，總會有辦法解決的！

◇

就這樣，轉眼間過了半年。
「別西卜大人真的是筆記狂人呢。」
在一旁座位上檢查文件的法托菈主動開口。
另外，妹妹瓦妮雅被交付的工作，是以銷毀文件或幫忙拿文件等雜務為中心。
由於身為祕書官地位較低，因此在立場上沒有問題，本人似乎也覺得活動筋骨比較開心。

「像這樣親手寫過一遍，就不容易忘記哪。不論收集多少以公文體書寫的文件，根本就記不住。即使是存入藏書室的書籍，只要自己做一份簡單的清單，就能輕易找到，但如果沒做的話就根本無從找起吧？這是相同的道理。」

小女子針對農業大臣設計的高高在上口氣，也在這半年內相當得心應手。到目前為止，沒有犯什麼大錯。

既然沒有遭到彈劾，代表做得還不錯吧。

由於連做壞事的時間都沒有，當然也絲毫沒有貪汙。

其實也可以說，只是單純地不屬於任何派系，想濫用權力也無從濫用起……

「是嗎？該怎麼說呢，別西卜大人與歷代農業大臣的風格迥異呢。」

法托菈將檢查完畢的文件放在小女子桌上。

「與其說無論如何都想搞政治，之前的農業大臣總難免想利用爬到頂點的大臣權力。由於的確是無法成為魔王的血脈中最高的地位，也可以說是人之常情，但相對地，多半會疏於基礎的工作。」

「這個哪，小女子與其說受到提拔，更像是『使拉上來』哪。價值觀不一樣是當然的。」

即使是字面上有些難懂的文件，最近也愈來愈清楚重點在哪裡了。

已經習慣任何事。判斷沒問題後就簽名。

「老實說，一開始見到您時說了些狂妄自大的話，現在已經反省過，當初不應該口氣那麼嗆。」

法托菈忽然表示。

聽到聲音的時候，她已經站著面對小女子低下頭去。

「請原諒我當初說要測試您的這種話。」

小女子迅速將視線移回文件上。

這種小事根本不值得道歉。

「來路不明的傢伙突然當上農業大臣，會擔心才是正常的。即使不像妳如此露骨，絕對也會有人想著類似的事情。如果新人被說是新人就值得生氣，牛豈不是每被別人叫一次牛就要生氣一次哪。」

「非常感謝您。」

法托菈再度低頭致意。

她似乎略為露出笑容，但小女子一直在看文件，所以不太明白。

「其實妳也不需要道謝。好啦，回到工作上吧。再稍微工作一段時間，妳就和妹妹一起休個帶薪假去玩吧。即使大約一天沒有祕書官，光靠小女子也頂得住。畢竟大部分的事情已經記在腦子裡啦。」

「明白了。為了辦公能力不輸給別西卜大人，我會努力精進的。」
「什麼辦公能力，只是五十步笑百步的差別吧。」
「不會，別西卜大人在近年來的農業大臣中，也的確是最優秀的一位。」
那是因為沒有在高官中結黨營私吧。
小公務員的工作只有適當辦公而已。
一旦躋身高層，就會露出類似爭功的一面，比方說在自己任期內推動了什麼計畫之類。
而小女子的內心依舊是一介小公務員。
即使身分地位變得了不起，卻並未連生活方式都改變。
「話雖如此，上任半年左右正好是最容易犯錯，或是造成重大失誤的時機，敬請注意。」
「好好好，小女子明白了。反正還沒有安定到會掉以輕心哪。」
那麼，接下來是建設種苗中心的相關工作吧。
過程中有不少拆遷戶，這可是塞滿了居民拆遷同意書的重要資料。
「嗯嗯？剛才應該在這裡的資料怎麼不見了？」
原本放在小女子左側，瓦妮雅座位一旁的資料不見了。
瓦妮雅正好離席，將廢棄文件丟進暖爐內焚化。

「瓦妮雅，那份種苗中心的整套資料不見了。拿到哪裡去了？」

「咦？那不是已經沒用了嗎？廢棄文件平時都放在左側吧？」

「不，那是因為審核得花時間，才推到有空間的左側去哪。」

瓦妮雅頓時臉色發青。

「燒燒燒燒掉了……」

「看妳做了什麼好事啊啊啊啊啊啊啊啊啊啊啊啊啊啊——————！」

上任後半年，居然不是自己，而是部下疏忽大意！

法托菈面無表情，拽起當場跪倒在地的瓦妮雅，

雖然面無表情，但肯定真的氣瘋了。

「妳知道這間房間的文件在銷毀之前，都一定要雙重確認吧。妳有確認嗎？」

「不、不好意思……我以為是廢棄文件……」

「這可是重大責任疏失。降級是免不了的，不過以前例而言，可能會逼妳以個人因素辭職也說不定。」

「咦，開除嗎，這樣會丟官嗎……？」

「這些文件包含了五十戶以上居民的拆遷同意書。當然還包括其他相關各單位的文件。這些全部都要重新製作，就算只是四處拜託都得花費龐大的時間，最壞的情況是連工程都要延遲一到兩個月……」

法托菈的音量愈變愈大。

「這種事情妳不辭職說得過去嗎！」

只見法托菈的手緩緩使勁，掐住瓦妮雅的脖子。

畢竟是利維坦族的施力，肯定力量相當大。

「這、這個……有沒有什麼大事化小的方法嗎，姊姊……？」

「只能由妳承擔罪名而已。否則就變成別西卜大人的責任了！這種情況下祕書官會像壁虎斷尾求生一樣被切割消失！雖然這次的情況，真的是祕書官捅了婁子……」

法托菈的手都在不停顫抖。

對妹妹說出這種重話，她肯定也很難受。

可是沒有代罪羔羊的話，這件事情無法善了也是事實。

沒辦法。

小女子緩緩站起身。

只要有代罪羔羊就行了吧。

「法托菈，重新安排行程表。首先，估算究竟會延遲多久，再依序低頭認錯。只要小女子出面道歉，大多數單位都只能選擇原諒吧。農業大臣親自出馬，也沒什麼好丟臉的哪。」

「可、可是，這起事件別西卜大人完全沒有錯……」

法托菈謙虛地表示。

因為是自家人闖禍，才會更難包庇吧。

「笨蛋，扛起部下的責任是上司的工作。小女子以前當小公務員時，也經常讓上司出面幫忙擦屁股哪。這次換小女子成為低頭的一方不就得了。如果只是低頭的話根本不用錢！」

這種無聊的小事，趕快搞定就對了。

「好啦，法托菈，立刻製作資料。這種事情最好立刻道歉才能止損。順便也加入防止再犯的方案。只要規定放在遠處桌上的文件才可銷毀，就不會再有問題了吧。」

「好、好的！」

法托菈拱起雙肩，同時聲音尖銳地回答。

「還有，首先大大深呼吸一口氣。就這樣。」

依照命令，法托菈深吸一口氣，花費長時間吐出。

「明白了。我立刻研擬善後方案。」

之後小女子與瓦妮雅跑遍相關各單位，為遺失文件賠罪，總之就是不斷低頭。

這種時候，農業大臣出馬的效果非常大，首先在農業省內部保證再度製作文件以獲得諒解。

然後同樣是四處謝罪，不過多虧法托菈安排能更有效率逛遍各單位的行程表，得以不用損失太多時間。

這種時候能飛在空中真的很方便，利維坦只要恢復巨大的原形就能飛。

只不過能發揮的速度太慢，因此視情況，變成小女子抱著瓦妮雅飛在空中。

東忙西忙大約道歉了兩個星期，重製文件的工作也結束，在不延宕工程的範圍內勉強告一段落。

「呼～總算搞定啦！」

順利重製的文件完全通過，小女子舒展身體與翅膀。

法托菈也在自己的座位上拉筋。

「瓦妮雅，已經不用再低頭道歉啦！總共道歉了幾次哪？」

小女子原本打算開個玩笑——

結果玩笑話完全冷場。

「呃……真的很對不起，很對不起……」

與小女子一起前往各單位的瓦妮雅嚇得完全皮皮挫，變成像被蛇瞪住的青蛙一樣。

雖然出面謝罪的途中嘻皮笑臉很麻煩，但一直露出鬱悶的表情也很傷腦筋。

現在得露出上司風範的一面才行哪。

小女子拍了拍瓦妮雅的肩膀。

「今天有空嗎？兩人一起去喝一杯吧，如何？」

「我、我知道了……」瓦妮雅的臉色更加發青地表示。

哎呀，該不會這年頭，上司不能邀部下喝酒嗎……？

◇

小女子帶瓦妮雅去的不是吵鬧的居酒屋，而是時髦的酒吧。

聽官員說是評價不錯的店。

「喜歡什麼儘管點沒關係。這裡的菜色也相當不錯哪。」

不過難得帶她來一趟，瓦妮雅卻顯得更加僵硬。

甚至懷疑她該不會不是利維坦，而是石像鬼吧。

「妳啊，可以再放鬆一點無妨。畢竟妳也很了不起，架子擺大一點也可以哪。」

「這、這真的沒辦法……」

唔唔唔？真是奇怪，明明在工具書上看過，這種時候上司可以大手筆請客，怎麼反而愈來愈像葬禮的氣氛……

她該不會害怕小女子聊得意往事聊個沒完，或是在高價店家被迫各付各的吧？

錢全部由小女子出喔。還有，小公務員沒什麼值得自豪的故事。

看她的模樣，總覺得是因為這次事件以外的因素膽怯。

其他還有什麼事情嗎？

該不會她已經犯下了更重大的失誤吧……？

這麼一來，就不容易再罩她了喔……

「在意什麼事情的話，就統統說出來吧。就是為了這樣才來這間店。保證會嚴守祕密，畢竟小女子是上司哪。」

現在的小女子有部下。所以要有上司風範，表現出上司的態度！

「我、我、我、我知道了……那麼，我就坦白問囉……」

「嗯，好……」

「這個…………我果然會被降職吧……？」

小女子差一點從高腳椅摔下來。

「『果然』的意思小女子不明白。什麼時候提到要降職啦……？」

「因為，這次事件讓上司顏面掃地……心想遭受報復也是理所當然的……」

「拜託拜託拜託！這種論調太奇怪啦！不然妳以為小女子為什麼要和妳一起四處低頭哪！」

真是受打擊耶！

雖然不會要求她感謝小女子，但希望她至少覺得『還好～沒有受懲罰』！

「我一開始本來這麼想……可是今天邀我來這麼昂貴的店家對飲，才會覺得，啊，該不會是要告訴我，當官的人生就此結束吧……」

原來是這樣解釋喔！

「然後我就胡思亂想。比方說在沒有窗戶的房間內不停數著廢棄紙張的張數……」

「哪有這種工作啊。」

「有薪水拿的話或許也不錯呢，總比辭職好吧，不對，還是應該辭職好呢，我無時無刻不在想這些事情……」

這難道沒有違反專心於職務之義務嗎？

小女子拍了拍瓦妮雅的肩膀。

「啊，拍肩膀……果然要降職！要被調到沒有人居住的最北端，被迫坐一輩子沒有人會來辦業務的窗口！」

「妳有完沒完哪。」

小女子一口將烈酒灌進喉嚨裡。

「拜託，只是因為妳一直沮喪消沉，今天才帶妳來喝酒打氣而已。愛喝多少就喝多少，排憂解悶吧。別再提那些有的沒的。」

「那、那麼……我不會遭到降職吧……」

「不會不會。痛快地喝，忘記討厭的事情吧。不論喝幾杯小女子都幫妳付！」

「上司，妳是神嗎!?」

「不是神，是魔族哪。」

小女子咧嘴露出很高等魔族的笑容。

人生中頭一次以上司的身分，完整地請客。

嗯，看來小女子也成長了呢。

小公務員的生活是不錯，但或許農業大臣的生活也不壞。

——兩小時後。

小女子背著已經醉倒的瓦妮雅，走在街上。

「真想不到，她會以這種方式給小女子找麻煩哪……」

「呼嘿嘿……喝酒、喝酒……」

瓦妮雅已經完全喝茫，只能送她回家。

小公務員時期曾經碰過上司喝醉，也做過這種事，但想不到當了農業大臣還得這樣……

雖然很想飛在空中帶她回去，但小女子也喝了酒。

飲酒飛行引發意外可是重罪哪……

好不容易來到住宅區，只見法托菈站在十字路口。

「不好意思，別西卜大人。妹妹的個性就是太隨便了……」

一臉疲憊的法托菈低頭致歉。

「看來妳也吃了不少苦頭哪。不過，這下子明白為何會選妳擔任祕書官了。」

「這是什麼意思呢？」

法托菈露出不可思議的表情。

「因為妳一直努力照顧妹妹吧。所以，才會判斷妳也有能力，照顧分不清東南西北的農業大臣哪。」

法托菈驚覺地張開嘴。

雖然一開始應對的態度很冷淡，但法托菈依然在各方面仔細地輔助小女子，完全發揮自己身為祕書官的長才。

否則光憑小女子的努力，簡直是杯水車薪，根本不可能處理農業大臣的工作。

這次瓦妮雅捅的婁子也一樣，如果沒有法托菈幫忙擬定對策，肯定會拖得更久，到時候就真的可能得切割闖禍的祕書官。

「法托菈，小女子現在算得上值得妳效忠的農業大臣了嗎？」

「目前大約七十五分吧。」

原本希望八十分，不過算是及格吧。

「來，接下來就由姊姊想辦法吧。」

小女子將瓦妮雅交給她。

「別西卜大人，您能當農業大臣真的太好了。」

此時法托菈面露自然、溫柔的微笑。

「下一次也帶妳到不錯的店家去囉。」

歸途的晚風十分舒爽。

農業大臣的工作或許也逐漸愈來愈有趣了哪。

© Benio

完

後記

好久不見了，我是森田季節！

《持續狩獵史萊姆三百年～》好快就已經第五集了呢！

本系列經常會出現不少新角色，這一次登場的是名叫桑朵菈的女孩。是（看起來）有點自大的幼童曼德拉草。也就是植物。

由於之前全都是動物，因此嘗試設定成植物。

桑朵菈也居住在高原之家。很長一段時間，法露法與夏露夏都是高原之家成員中（看起來）最年幼的人物，現在有了妹妹。

年齡上桑朵菈才是十分年長的姊姊，不過很期待孩子們（？）再次上演歡樂的戲碼呢。

或許說作者期待感覺有點怪，但是真的很期待喔。

是因為這部作品沒有狩獵最強的敵人啦，藉由運動以世界第一為目標之類，這種宏大的劇情與目標，總是順其自然地發展。

然後呢，頻繁發生在旅行目的地偶然發現奇怪的事物或是想起什麼故事。

所以，連作者也不知道家人變多後，會產生什麼樣的化學反應。
尤其是無法預料，不斷增加的高原之家家族，目前應該塑造成相當歡樂的共同體。

非但種族不同，甚至還有幽靈，不只動物還有植物棲息的環境，今後同樣想一邊嘗試錯誤，同時充滿歡樂地生活下去。

此外，本書第五集後半還刊載了兩話在Gan Gan GA上連載的別西卜外傳小說。是別西卜還很生澀時期的故事。

感謝各位的支持，做為Gan Gan GA的小說成功登上歷代首屈一指的點閱次數！也歡迎各位點這裡！

http://www.ganganonline.com/contents/slime/

接下來，漫畫版第一集與本書第五集同時發售了喔！

シバユウスケ老師描繪的亞梓莎、萊卡、法露法與夏露夏等人，與紅緒老師描繪的角色呈現不同風格的可愛喔。

如果紅緒老師的插圖是包含帥氣的可愛感，那麼シバユウスケ老師的漫畫就是暖心的可愛感吧。

總之兩邊都畫得非常好，希望各位也能支持漫畫！還有 Gan Gan GA 漫畫化連載版沒有刊登的短篇要素喔！

依照書店的上架方式，漫畫版很有可能放在與小說不同的區域，尋找的時候敬請注意！

這一次同樣受到比平時更多對象的照顧！

首先，第五集附贈廣播劇的特裝版與通常版同時發售！擔任亞梓莎聲優的悠木碧小姐，負責萊卡的本渡楓小姐，法露法的千本木彩花小姐，夏露夏的田中美海小姐，哈爾卡拉的原田彩楓小姐，別西卜的沼倉愛美小姐，真的非常感謝各位！

前往錄音會場的時候，感覺自從大學考試後沒這麼緊張呢。真是備感榮幸。親臨現場時，被人類具備的聲音中龐大的資訊量所震懾。或許接近頭一次前往展演空間，聽現場演奏時的感覺吧。希望這種體驗也能活用在今後的作品中。

當然除了各位聲優以外，製作上也藉助了許多人士的力量。當初一時興起以網路小說連載的作品能擴展到這種形式，真的本身就是奇蹟。

此外，本作在年底推出的「這本輕小說真厲害！2018」之中，單行本・小說部門進入十二名。真的很感謝各位投票支持的讀者。

另外，漫畫版承蒙《關於我轉生變成史萊姆這檔事》的伏瀨老師提供書腰感言喔！

堪稱網路小說界的史萊姆先鋒，也是穩坐榜首的伏瀨老師惠賜意見是非常大的勉勵。真的很感謝！

以及在 Gan Gan GA 上負責漫畫化連載的シバユウスケ老師，非常感謝您！今後應該還會有哈爾卡拉與別西卜登場，從現在開始也十分期待喔！

負責本作插圖的紅緒老師，這一次同樣幫忙繪製了精美的插圖呢！

這一次由於刊載了別西卜的外傳，因此紅緒老師也繪製了別西卜帥氣又可愛的彩圖耶！真的太開心了！

最後是打從心底感謝以網路小說、ＧＡ文庫、漫畫化等各媒體平臺支持《持續狩獵史萊姆三百年～》本系列的各位人士。

之前也提過，完全一時興起開始撰寫的本作品能榮獲這麼多人士關照，真的只能以奇蹟形容。身為作者的我也會努力讓這個奇蹟變得更大。希望今後各位讀者也能支持！

森田季節

浮文字

持續狩獵史萊姆三百年，不知不覺就練到LV MAX（05）
（原名：スライム倒して300年、知らないうちにレベルMAXになってました5）

作者／森田季節　封面插畫／紅緒　譯者／陳冠安
發行人／黃鎮隆　總經理／陳君平
經　理／洪琇菁　國際版權／黃令歡
執行編輯／呂尚燁　美術編輯／李政儀
企劃宣傳／邱小祐
出版／城邦文化事業股份有限公司　尖端出版
台北市中山區民生東路二段一四一號十樓
電話：（〇二）二五〇〇七六〇〇　傳真：（〇二）二五〇〇二六八三
E-mail：7novels@mail2.spp.com.tw
發行／英屬蓋曼群島商家庭傳媒股份有限公司城邦分公司　尖端出版
台北市中山區民生東路二段一四一號十樓
電話：（〇二）二五〇〇—七六〇〇（代表號）
傳真：（〇二）二五〇〇—一九七九
中部以北經銷／楨彥有限公司
電話：（〇二）八九一九—三三六九
傳真：（〇二）八九一四—五五二四
雲嘉經銷／智豐圖書股份有限公司　嘉義公司
電話：（〇五）二三三—三八五二
傳真：（〇五）二三三—三八六三
南部經銷／智豐圖書股份有限公司　高雄公司
電話：（〇七）三七三—〇〇七九
傳真：（〇七）三七三—〇〇八七
一代匯集／香港九龍旺角塘尾道六十四號龍駒企業大廈十樓B&D室
電話：（八五二）二七八三—八一〇二
傳真：（八五二）二七八二—一五二九
馬新總經銷／城邦（馬新）出版集團　Cite(M)Sdn.Bhd.
E-mail：Cite@cite.com.my
法律顧問／王子文律師　元禾法律事務所
台北市羅斯福路三段三十七號十五樓
二〇二〇年二月一版一刷
二〇二一年五月一版二刷

■中文版■

郵購注意事項：
1. 填妥劃撥單資料：帳號：50003021戶名：英屬蓋曼群島商家庭傳媒(股)公司城邦分公司。2. 通信欄內註明訂購書名與冊數。3. 劃撥金額低於500元，請加附掛號郵資50元。如劃撥日起 10～14日，仍未收到書時，請洽劃撥組。劃撥專線TEL：(03) 312-4212 ・ FAX：(03) 322-4621。E-mail：marketing@spp.com.tw

國家圖書館出版品預行編目資料

持續狩獵史萊姆三百年，不知不覺就練到LV MAX(05) /
森田季節著 ； 陳冠安 譯.--1版.
--臺北市：尖端出版, 2020.02 面 ; 公分.--(浮文字)
譯自:スライム倒して300年、
知らないうちにレベルMAXになってました5
ISBN 978-957-10-8803-7(第5冊：平裝)

861.57 108018612